· 河 南 省 作 家 协 会 重 点 作 品 扶 持 项 目 ·

胡桃夹的乐园

青 年 作 家 文 丛

张 莉 著

郑州大学出版社

河南文艺出版社

图书在版编目(CIP)数据

胡桃夹的乐园／张莉著. — 郑州：郑州大学出版社：河南文艺出版社，2021.4(2024.6 重印)
(青年作家文丛)
ISBN 978-7-5645-7749-0

Ⅰ.①胡…　Ⅱ.①张…　Ⅲ.①散文集－中国－当代　Ⅳ.①I267

中国版本图书馆 CIP 数据核字(2021)第 042111 号

胡桃夹的乐园
HUTAO JIA DE LEYUAN

策　　划	孙保营　马　达	封面设计	小　花
责任编辑	刘晓晓　暴晓楠	版式设计	小　花
责任校对	樊建伟	责任印制	李瑞卿
丛书统筹	李勇军		

出　　版	郑州大学出版社　河南文艺出版社
发　　行	郑州大学出版社
地　　址	郑州市大学路 40 号(450052)
出 版 人	孙保营
网　　址	http://www.zzup.cn
发行电话	0371-66966070
经　　销	全国新华书店
印　　刷	山东华立印务有限公司
开　　本	890 mm×1 240 mm　1／32
印　　张	7.625
字　　数	153 千字
版　　次	2021 年 4 月第 1 版
印　　次	2024 年 6 月第 2 次印刷

书　　号	ISBN 978-7-5645-7749-0	定　　价	48.00 元

本书如有印装质量问题,请与本社联系调换。

编委会

目　　录

每个女孩都不简单

儿子的小学二年级生涯开始了。

"今天排座位没有？同桌还是小潘吗？"

"她不会再和我坐一起了。"

"咋回事儿？上学期你们不是处得挺好吗？"

"其实在上学期期末，她已经离开我，找了新的同桌。是因为我偷偷送给孙乐乐一块小猫橡皮，结果被她知道了。"

"孙乐乐？是个漂亮女生吧？"

"是，而且，她的官职也比小潘大。"

"送橡皮的事儿，咋被知道了？"

"另一个女生告诉她的。这个女生曾向我要过橡皮，我没给。"

"漂亮女生，你主动送礼；普通女生，你也不能冷待。这回领教了吧？"

"可小潘并不漂亮，我主要是喜欢她不畏权势，敢和我对阵。"

"低调，低调，你和'权势'好像还有距离。"

"我当过班长。"

"咋没听你说起过？"

"很快就被撤职了。"

"……"

"是小潘告状，说我违背学校规定，擅自拿'摔卡'。结果，班主任恼怒之下撤了我。"

"……"

"后来，由于表现好，班主任又委任我做小组长。结果，小潘又告了一状，我又被撤了。"

"我不信，这小潘的影响力也太大了吧。"

"她都是瞅准班主任心情不好的时候去告的状。"

"结果，你反而注意到她，并神奇地开始欣赏她了。"

"对！她不漂亮，但很可爱。两个尖尖的耳朵，像个小精灵。"

"小潘现在的同桌是谁？"

"我们班的第一名，学习好，人又帅。"

"你还想和她坐一起吗？"

"很难，那天，她听了告密者的话，亲自翻查了我的书包，发现小猫橡皮少了一块。接着，就严厉地吵了我10分钟。"

"你怎么说？"

"我沉默。"

"傻瓜！你应该表个态，怎么能沉默？"

"我道歉了，可她没有原谅我。"

"换我，也不会立刻原谅你。"

"……"

"好了，吸取教训，别再想了。"

"她迟早会明白我的好。我那么多橡皮，都送给她了，不求任何回报。说不定，她会再和我同桌的。"

"但愿如此。"

"我脾气好，也很善良，会有女生乐意和我坐一起。"

"那当然。你现在的女同桌就很懂事很用功，向人家多学习，知道不？"

"嗯。"

"有刺儿的玫瑰，淡雅的百合，靓丽的郁金香，各有各的美。记住，每个女孩都不简单。"

爱的密码

"妈，三年级可以有女朋友吗?"

回家的路上，9岁的小男孩儿突然略带羞涩，笑笑地问。

我一愣。

但很快，我仿佛明白了，今天两个小男生的言行为何在值日到最后时突然有些诡秘……

"刚才，我在王小兵的凳子背面发现了有雯雯名字的'爱的表达'，所以，他着急捂我的嘴。"

"原来如此。"

"除了他，我的好朋友小晖也有个女朋友，是外班的。他下课后经常去看她。"

"你咋知道的?"

"我跟踪了。发现他俩在后门亲密地说话。"

"都说啥了?"

"5201314。"

"啥意思?"

"我爱你一生一世。"

"不信！除了特工，我还没听说谁见面时只报数字的。"

"那可是爱的密码！妈，有人给你写过情书吗？"

"……"

"二年级时班上就有女生偷偷给我递过字条。"

"啥内容？"

"5201314。"

"你回复了吗？"

"没。"

"其实，这样的女孩蛮可爱，很勇敢的。"

"三年级，她又给我写过一次字条。"

"这次你回复了没？"

犹豫。"主要是，我才三年级就有女朋友，是不是有点儿丢人？"

看着懵懂的可爱的孩子，我不知如何作答。

"妈，我爸有过女朋友吗？"

"现在不能有，至于以前有没有，只有天知道。"

"他给你写过信吗？"

"写过。他还认真地说，他小学时第一个喜欢的女生和我是同一个名字。我，认真地相信了。"

"傻！"

"是傻，就像你现在一样。"

一双白鞋

　　学校要开运动会，要求身穿校服，手拿小红旗，脚蹬白色运动鞋。

　　为了给孩子买到舒适、美观、经济的鞋子，我货比几家，终于如愿。

　　这双鞋，底子柔软，周边包了皮，正面和侧面都是透气的细网。关键是，细网旁还有红绒布和黑绒布做的装饰，可用作运动鞋和凉鞋两穿，很合心意。

　　之所以如此费周折，是因为我心里有个底线：如果买白色鞋子，尤其是参加集体活动时，一定要好的。

　　根结在于我当年上小学时，曾经因为一双白色运动鞋，发生过的小故事。

　　因为性格活泼，主要是班主任的喜爱，小学四年级时，我被选中代表班级去跳双人舞绸舞。

　　要求穿校服，脚蹬白色运动鞋，新的。

　　我有白鞋，只是，很旧了。

　　一直以来，我都被"朴素"地养大，而且被教导："只有把精力全放在学习上才行。"于是，总是穿着有限的几件衣服。在人群中，普通得不能再普通。

　　很想让妈给买双新鞋……

　　犹豫了一个星期，决定：把旧鞋刷干净。

　　刷好，用卫生纸包着晾干；再刷好，再包着晾干；又刷好，又包着晾干。

　　重复了三次。

　　表演的那天，我绑了两个麻花辫儿，系了偷偷买的红头绳；穿上洗净并压得板板正正的土黄色校服；最后，穿上了那双旧鞋……

　　一路上，总觉得头重脚轻。

　　到了学校，和我同台演出的女生早来了。

　　她化了妆：脸白白的，嘴红红的，眉黑黑的……

　　"来，给你画一画。"班主任招呼我，"真是，也不让恁妈给打扮打扮。"

　　我的脸，一下子红了。

　　我妈哪有工夫打扮我？爸爸在外地，她一个人带孩子，还要上班。我们能穿干净的衣服、吃上热饭就不错了。那年头，可是要烧煤炉、自己做衣服的。平时，为了节约时间，我一直都是齐耳短发，直到小学五年级，自己会绑头发了，才扎了小辫子。

　　我妈不容易。尤其是我自己当了妈，更明白并理解她当

年的坚强和委屈。以她的条件，完全可以找到比我爸家境好
得多的人家。

…………

班主任心灵手巧，一会儿时间，我也唇红眉黑了。

只是，当看到搭档脚上那双崭新的白鞋时，我的心里有
难掩的嫉妒和失落……

"我爸给新买的。"她笑着，脸上的小酒窝一动一动的。

我下意识地缩了缩脚，觉得自己的鞋，寒酸无比。

…………

如今，收入虽然一般，但绝对可以买任何一双自己相中
的鞋了。但是，我依然朴素。

因为我明白了，朴素绝不等于普通。

嫉妒成魔

"今天又轮到我们值日了。"早晨去上学的路上，儿子说，"6 班的学生，把俺班的扫帚和拖把拿走了一些，去要，也不还。"

"可别单独去讨，小心有冲突，凡事都有老师。"一起去送孩子的花姨叮嘱，"邻居是个啥样的，很重要。碰见心歹的，为了一点儿小钱或者个小东西，都能出人命。"

"有恁玄乎？"

"可不是。俺们老家有个老婆子的孙子有点儿傻气，可邻居家的男孩儿偏偏聪明伶俐。日久天长，她起了孬心。"

"咋了？"

"有天中午，她听见孩子的奶奶要洗澡，嘱咐孩子自己在院子里玩儿。于是，她瞅机会把孩子招呼过来，掐死了。"

"嫉妒是把杀人刀。"

"她家屋子后头有个扔废品的坑，就把孩子填那儿了。唉，才 5 岁个孩儿，就这么没了。"

"后来呢?"

"孩子奶奶洗澡出来,找不见孙子,差点儿急死,最后报了警。警察在路边发现了孩子的鞋,起初,都怀疑是人贩子弄走了。碰巧,那天有辆外地的车打村子里过。于是,就追查车主。结果,人家清清白白。"

"然后呢?"

"那老婆子装得跟真的一样,又是帮着找,又是宽慰孩子的娘。"

"黄鼠狼给鸡拜年。"

"结果,查了好长时间,警察也没查出个啥。后来,终于还是怀疑到她了。"

"咋?"

"因为她话太多,老是提供各种破案线索。"

"终究是鬼胎,充不成人样。"

"她被抓起来后很快就招了。然后,就被枪毙了。"

"人不能心祠磣,否则就招祸。人人都光看见别家好,其实家家有本难念的经。内里的滋味,只有自己知道。她嫉妒成魔,也不想想,你害了人家,自己孙子就不傻了?损人不利己,纯属缺德。"

"可不是,生活如一团乱麻,谁不是酸甜苦辣。"花姨看微信的收获真不小,眼瞅着说话水平提高了。

"在我以前工作的地方,有个男同事也给我讲了个发生在他家乡邻居家的事。人心善妒,一点儿也不假。"

"也是凶杀?"

"一家子有俩儿子,分别成了家、生了儿。老大家的老实,老二家的伶俐。于是,众人,尤其是奶奶,人前人后夸那个伶俐的。日子久了,大媳妇的心开始歪了。"

"老实好,老实不惹事儿,平平安安一辈子。"

"可老大媳妇不这么想。一天中午,全家都下地了,她在家做饭。俩孩子都想吃面,她就做了面条,还特意给老二家的孩子碗里卧了两个荷包蛋,以及老鼠药……"

"歹,她比那老婆子还歹。"

"一开始,警察怀疑是仇家所为。结果,查到末了,原来是她。"

"害人害己。你下毒手,自己儿子也没娘了。"

白眼

天热，为了每天都动动，老爸养成了一个好习惯：一大早起床，散步，买菜。

这不，我们正吃早餐，他就买菜回来了。

"中午做冬瓜炒鸡肉，我还买了三个刚出炉的热烧饼。"

"太好了！姥爷辛苦了，我正想吃呢。"儿子笑眯眯地拍手。

一个上午，小家伙兴致勃勃地练了字，写了暑假作业，还讲了三个故事。毕竟，从十点半就开始弥漫的肉香，是最好的情绪调节剂。

"妈，尝尝。"午饭时，儿子夹了几块看着齐整的肉，放进我的碗里。

"以后别再吵孩子了，"老爸说，"看跟你多亲。"

"谢谢。"我伸手拍了拍小家伙的肩膀，心里乐滋滋的。

"当年，我有个表哥，小小年纪就成了孤儿，一直跟着姥娘住。"老妈说，"娘是病死的，爹被村上的特务杀害了。"

"政府给的有抚恤金吧?"我问,"否则,这男孩子在姥娘家的日子不会好过。因为还有舅舅、舅妈和舅舅家的孩子,毕竟多张嘴就多吃一口饭。"

"有津贴的。"老妈回应,"有次春节前,我走姥娘家,这个十多岁的表哥非拉着让留下,加上姥娘家孩子多,热闹,我就多住了两天。"

"很开心吧?"儿子一边啃鸡腿一边问。

"有天,我跑着玩儿,无意间路过二舅家门口,一眼瞅见他院子里的树上拴了一只苗羊,就停脚看住了。"

"啥是苗羊?"我好奇。

"就是被选中配种的羊,可好看,浑身的毛又细又白。"老妈说,"当时,二妗子正坐在当门儿,端着碗面糊糊喂她的儿子,见我愣着看,就白着眼珠子,狠狠地剜了我一眼。"

"她误以为你眼馋吃食?"

"我没看她的碗,我在看羊,她清楚。"

"那为啥瞪你?"

"还不是多嫌我,从心里嫌我住姥娘家吃了东西。"

"那年头都穷,东西主贵。"老爸接腔。

"我立刻哭着要走,说啥也不住了。后来,还是俺大舅推着架子车把我送回了家。"

"还怪记仇哩,当时你有多大?"

"三岁半到四岁之间。"

"挺有心,"我感叹,"其实小孩子心里亮堂着哩,好脸歹脸都清楚。"

"从那以后，我再走姥娘家，都是当天去当天回，宁可饿着，也不为顿饭看人家的鼻子眼睛。"

"脾气还怪倔。"

"上高中时，俺大舅的二儿子的媳妇买了台缝纫机，请我去帮忙裁剪、缝制衣裳，别看恁近，我从没踩过二妗子的家门。"

"二舅没说啥?"

"就算说啥，我也不知道。反正，他在我心里的印象很模糊。倒是二妗子，递话给俺娘，说:'老大家儿媳妇请了个油头粉面、仙女儿一样哩大闺女帮做衣服，我还当是谁。打门前过，竟都不来瞧瞧!'"

"你咋说?"

"我跟俺娘说，她不稀罕我，我自然不瞧她，爱咋咋。"

············

晚上睡觉前，我交代儿子:"回头再有好吃的，一定先给姥姥、姥爷。咱娘俩住姥姥家，不仅没人多嫌，反而都是优待。要感恩，要惜福。"

"嗯，"小家伙点头，"记住了。"

大院里的谜案

"还记得你李姨吗？痴呆 8 年了。"傍晚，小玫陪孩子散步时，巧遇以前老院里的邻居，寒暄过后，性格爽利的她突然问小玫。

"只听说她在家洗澡时，不小心滑了，后脑勺正碰在马桶坐便器上，傻了。"

"你信？难道她的手是假的？本能之下，都不会抓住个啥东西或者撑住地面缓冲一下？"

心里，突然有点儿紧张。"怎么，难道这背后还另有故事……"

"她老头是谁，你知道吧？"

"晓得。"

"一个阴险的男人，走路都是低头溜墙根儿。"

"不会吧，他的官儿做得可不小，咋能恁没风度？"

"知人知面不知心。关起门，谁知道谁是啥脸相。"

"多少年前，有天深夜，他们两口子吵架，李姨都跑去邻

居家了，动静很大。因为住得近，平时又熟，我爸还去劝
和了。"

"就是跑我家来了，俺俩是好姐们儿。"

一时间，小玫沉默了。

数年前的旧事，因为猛被提及，总让人有些猝不及防。

当年，因为年少懵懂而心存的一些疑惑，此刻，竟意外
遭遇被说透的机缘，小玫心里说不清是激动、恐惧还是别的
什么。

"她曾把自己装首饰和银行卡的小手提皮箱放到我家里，
以防落到男人手里。"

"心都外了，想没想过离婚？"

"不甘心呗。尤其是知道男人在外面有了相好的。"

"李姨可是个大美人儿，光看背影，就让人心动。我那时
恁小，就觉得她长得好看。难道新欢还能美过俺李姨？"

"也就一般般，一个普通播音员。可情人眼里出西施，他
愣是看上了。于是就想点子，把她调来机关单位，上班的地
方离他近。"

"既然这样，李姨就该做好准备，争取经济上多要点儿才
是真的。"

"对。男人变了心，比狼还狠。再和他拖，只剩下生
气了。"

"她咋办的？"

"唉，傻呀，脾气也急。她不仅在家里闹，还去他办公室

搜财物，也是把他给逼急了。"

"那是她心里对俩人的婚姻还没放下。否则，也就平心静气算经济账得了。"

"所以，那天晚上，俩人半夜又吵起来，撕破了脸，他拿起了刀。"

怪不得，当年深夜，爸妈压低嗓门讨论是否出去劝架，这让小玫对他们的胆怯和冷漠很是生气。如今终于明白，为何劝架回来后，爸嘱咐妈："这是顶头上司闹家务事，以后再有，你去，我不便再出面。"

…………

"自打他举了刀，她嘴上硬，心里却怕了。她曾给我说过，她要是突然死了，一定就是他害的。"

"那就抓紧离，尽快算清账，命重要。不是还有儿子们吗，都成人了，也在大城市站稳了脚。母子团聚去，日子照样过。"

"可惜，没能有那一天，就出事了。"老邻居眼圈儿突然红了，"她没心眼儿呀，都闹那样了，还离开人多的小区，到外面的私人别墅去住。荒郊野外，多吓人。"

小玫眼前展现出一个可以想见的画面：黑夜，赤身裸体的女人，在自己家里，被人冷不防狠命袭击……

"她痴呆后不久，我就搬家了。半年后去看她，只见她吃得白白胖胖的躺在床上，头发全剃光了，只知道傻笑。当时，我的泪就没忍住……"

上前小半步，小玫轻拍老邻居的肩膀。

"回家后，我心里到底难平。最终，我去县里找到她亲弟弟，当面把她让我捎的'有人会害她'这句话说给了他。"

"啥反应？"

"很平静。他只说了仨字：'我知道。'"

"看来，都心知肚明。"

"他也是个不小的官儿，完全可以和他姐夫公开打官司。可是，他没有这样做。"

"唉，理解吧，他未必不想起诉。关键是，万一被别有用心的人利用了，结果会更糟。伸张正义，不是一句话那么简单。"

"我给她的儿子打电话，说是'已经把俺爸的财权控制住了'。至于其他，家人不愿意再提。否则，瘫在床上的妈就没人照顾了。"

"也好。这对他，也算是最折磨的惩罚了。"

…………

据说，李姨年轻时有情投意合的恋人，俩人都谈婚论嫁了。结果，在正式举行婚礼前，被她现任丈夫给抢了过来。

谁料，这个姿色出众的美人，竟是这样的结局。

鳄鱼

初中一年级，开始有早自习。

晨读时间为6：00—7：00，早饭则安排在7：00—8：00。

于是，全体学生，一大早，都要在家和学校之间往返两次……

至今都不理解，制订时间表的人为啥不能让大家从容地在家吃过早饭，于7：00—8：00开始正式上课……

冬天有雪的时候，路滑，骑车去早读，需要5：30就起床。

当时家住三楼，自行车需要往下搬。

爸妈最初也早起帮忙过。

慢慢地，由于是每天的必须，加上冬天被窝特别温暖，于是，大人干脆假装没醒，我也不便回回呼唤。

于是，冒着人和车一起滚下去的危险，自己慢慢往下挪……

当时，对门邻居家有个叫进仓的大男孩儿，娘死了，自己进城谋生活，暂时没去处，就住在了叔叔家。

每天早上，邻居家和我同龄女孩的自行车，都是进仓搬进搬出。见我手脚笨拙，他就主动帮忙。几回下来，我不想再麻烦人家，坚决自己动手。他好像也明白了我的心思，也就不再坚持。

后来，他寻到了工作，离开了。

如今，偶尔，我依然还会想起他善意的眼神。

…………

"貂蝉知道不？她曾经是个毛孩儿，后来突然变漂亮了。"冬季某一天的英语早读时间，前排的男生突然扭过头说，"我的《故事会》里有，看不看？"

我犹豫……

班里没几个人，因为才 6 点多。估摸着，老师也不可能来这么早。于是，我迅速查找目录，翻到《美人大变身》这一页。谁知，刚看了"从前"两个字，耳朵突然一热。

原来，英语老师不知何时悄无声息地站到了面前。

"单词都会了吗？"

"会了。"

于是，她提问，我回答。

转眼，来到最后一个单词：鳄鱼。

"crocodile（鳄鱼）。"我大声拼读，并自以为马上就能坐下。

"错！"

"crocodile。"

"不对!"

"crocodile。"

"想清楚再回答!"

老师厉声道。同时,"哗啦"一声,《故事会》被扔到讲台上。

我,被责令罚站在靠近门边的地方。

进来一个人,就带过一股凉风,还有惊讶的眼神。

而那条引诱我的蛇,则缩着脖子,一早上都认真地看着英语课本。

可恶。

其实,之所以被诱惑,主要是想知道毛孩儿是怎么褪毛的。因为我嫌弃自己小腿和小手臂上的汗毛重,偷偷用了剪刀。结果,证明了"汗毛越剪越浓密"的真理。

谁料,为了美,继而又付出了当众被罚站的代价。

终于,早读下课的钟声响起。

"你,抓紧回家吃饭,然后来我家背诵课文。我住家属院第二排,平房,从东边数第三家。"老师发话。

等全班都走了,我放松着站麻了的腿,揉揉故作镇定而僵硬了的脸,大声、坚定地说:"crocodile,就是鳄鱼!!!"

牺牲了回家吃早饭的时间,我勇敢地站在讲台上,反复背诵课文,声音洪亮。

7:40,我准时来到家属院。

英语老师没出来。她丈夫，一个中等个头、瘦、细长眼的男人，边刷牙边摊开课本，示意我可以开始了。

于是，冬日早晨，阳光下，一个少女，吹着冷风，开始用英语讲述鳄鱼的故事。

声音，是清脆的；发音，是标准的；表情，是自信的。

…………

背诵结束，他说："将来，你可以考虑做个翻译。"

这个结局，有点儿出乎意料。

此时，英语老师披着棉袄，端着个锅走出屋来，说："回去吧，以后不准在英语课上看杂书。"

…………

很多年过去了，"鳄鱼"没有做翻译，而是成了老师。

在课堂上，她讲的，90%都是曾经看过的课外书。

当然，她从没有让任何一个学生，回答过类似"如何拼写鳄鱼这个单词"这样的问题。

规则如何解释，永远是规则制定者的权力。

这，是个铁定的道理。

分手

大学毕业前夕，人人在为工作或考研而焦虑时，我听到了小敏和男友小超分手的消息。

怪不得，我心想，那天在宿舍楼前的柳树下，看到小超独自站着，眼睛好像红红的，见了我也没像以前那样打招呼。

在大家心目中，小敏和小超是天生一对。俩人无论家境、学历、相貌、性格，都般配。关键是，他们的相识也颇为浪漫。按理，谁分手，也轮不到他俩分手。

"到底是咋回事？"

"家乡有个男生，一直爱慕她。男孩子的爸是做官的，也有亲戚在北京，可以帮她在首都找工作。"

"那小超咋办？有这样的男朋友还不珍惜。瞅瞅，人帅气，专业也不错。在哪儿不能找工作，只要在一起就好。"

"可是，北京的吸引力毕竟太大了。"

"爱情与面包之间的选择，看她怎么想了。"

一时之间，众说纷纭。

偶尔遇到小敏，从她脸上，我没有看出一丝悲伤。

仔细端详她的笑容，甚至是真实的开心。

也许，她在背着人的地方，已经哭过了。

搁谁能不伤心？毕竟，是将近四年的纯真感情。况且，还是个对自己那么死心塌地的帅气的男生。

"看不惯！"海翔愤愤不平。她是小敏的舍友，了解真实情况多些，"男友跑那么远过来，让人家站门口流泪。这边她却和新欢热聊，还喊着'亲爱的'，都不知道咋好意思叫出口，过分！"

从小海的神色和正义凛然的语气判断，所说，应该是真的。

可我心里总隐隐觉得，小敏不该，也不会这么绝情。

小敏，眼睛弯弯如月牙，眉毛细长，头发乌黑，皮肤白皙，加上一米六六的身高，在女孩子里很是出挑。她一笑，是个标准的"狐狸脸儿"，很有杀伤力。

我俩不一个宿舍，之所以认识，是因为来自同一个地方。何况，她还是个美女。

对于她的"情变"，我的态度是：告诉我，我就劝劝；她不说，我绝不问。因为，这是她的选择。而且，无论她和谁好，我的朋友都是她。

有回，她让我去宿舍找她。我去了，她忙着洗水果。

等待时，我无意瞥见她的书桌上放着一张北京××录用单位的个人信息表格。她工整的字体，在上面显得格外清秀。

于是，当她拿着水果回来，我俩除了吃，啥也没说。

6月底，大学时代结束了，同学们各自飞散。

暑假，我邀请她来家玩。

她来了。

"俺俩是双胞胎，"她介绍，"这是我妹妹。"

看着长相、神情、身段迥异的姊妹俩，我略微吃惊。

小敏也真是，从没说起过她有个双胞胎妹妹。

在此之前，我只知道她有个哥哥。有年放寒假，我还顺路和她一起去她哥家住过一夜。

原来，人和人之间，再亲近，也是有秘密的。有时候，还是大秘密。

"人家订婚时给的金项链和手链儿，我都没戴，给我妹戴了。"她说，"在帮找工作之前，彩礼就送来了。我也是没办法。"

我喝了一口茶，避免接话。

既然已成定局，何必再多说，只有祝福。

不过，她的未婚夫实在是太普通了。

毕业离校时，他特意从家乡赶来接她，开着车。

我们班几乎所有女生，听到"小敏的新男友在楼下"的消息后，都停下收拾行囊，纷纷探出窗户朝外看。

我装作买东西，特意下了趟楼，从他身边走过。

…………

转眼，我已经是研二了。

　　一天中午下课回宿舍，迎面碰见了个熟人。是他，小敏的前男友。

　　我们点头微笑，擦肩而过，没有说话。

　　状态不错，恢复得还挺快。看着他的身影，我很想追上去告诉他，小敏爸爸去年因为高血压去世了。

　　但是，我很快就自嘲了。

　　是啊，说这些做什么？是想给他个重新接近她的机会，还是让他往事涌心、再次难过？……

　　只是，我一直没有接到小敏发出的结婚邀请。

　　在我成为妈妈的第二年的冬天，某天傍晚，手机响了，一个北京的号码。

　　是小敏！

　　"我来北京后，他家催着让结婚。我就跟我爸摊牌了，我说，爸，我订婚已经错了，不能再错。我手头有些钱，您再借给我点儿，凑够6万，还给他。"

　　"人家能答应？本来欢喜着要娶你。"

　　"他来北京，到单位大闹了一场。让我好久在人前都抬不起头来……"

　　"也能理解。"

　　"我爸本来就血压高，又上了岁数。为这个事儿，他没少生气。每次想起来俺爸的死，我都觉得自己有责任……"

　　"别太自责，"听着电话那头她的啜泣声慢慢缓和下来，我劝解，"以你的资质，应该嫁个又好又帅的官二代或富二代。"

"我退婚后，又联系上了小超。他发誓要考上北京的研究生，和我在一起。"

"有次我在校园碰着他，看他意气风发的样子，估计是心里又有了希望。"

"他跟我提起过，说见到了你。"

突然，我猛然醒悟：也许，当初她能神情自若，可能心里已经谋划并预测到了这个曲折的过程。

果真如此，这个姑娘的心眼儿，比我可要多上一百倍。

…………

窗外，寒风吹过。屋内，我坐在被窝里，旁边转动着电暖炉。

几年的时光和发生的故事，被我们浓缩在两个多小时的电话中。

原来，重新看到希望的小超，为了和女友团聚并相伴终生，拼命考上了北京的研究生。

有情人，终成了眷属。

俩人，还有了一个儿子。

然而，生活不是童话，它陆续展示着自己真实的面目：关于买房，两口子各有意见，并爆发重量级争执；而且，由于小超工作繁忙，应酬又多，孩子都是小敏一人带。俩人都疲惫，加上沟通方式和效果难比从前，所以，冷战在所难免。北京的物价不低，生活压力可想而知。小超总想念老家的亲人以及适度的房价，因此，经常感叹："假如我们没来北京，会活得比如今轻松……"唠叨得多了，听着的人，心里难免生了芥蒂。

终于，慢慢地，网络时代的大环境下，小敏也有了个"网友"，男的。俩人说好见面，对方按时来到。而小敏，最终没有去赴约。

贵人

老郭，女，干部，已退休，夫早丧。

养了两个儿子，俱成才，且已成家生子。

这个家，不差钱。

美中不足，儿子们本事有点儿大，河南装不下，中国留不住，离娘都远了些。

好在，老太太喜欢独处，看看书，读读报，不打麻将不跳舞。所以，一个人的日子倒也清静。

可惜，就这样的人家，也没有逃脱"难念的经"。

原因是，小儿媳妇，是个贵人。

此女略有姿色，但不足以惊为天人。

此女没有工作，但不以为憾，"全职太太"一直是其人生理念。小家四口，全靠男人养，有点儿困难。

此女一直与婆婆不和，后者无论收入、社会地位还是个人修养都略胜一筹。

贵人，很不满足。理由是：我长得好，你儿子乐意养着；

你们该对我好，因为是你们不想办法、走门路把我的工作安排了。

的确，她的腰很细，眼很大，脸很白，又生了一双儿女，功劳是不小。于是，一闹家庭矛盾，她就到处摆理，倾诉对象还都是婆婆的熟人。

家丑，沸沸扬扬。

这女人是真傻，也不静下心来仔细想想，婆婆再不好，房子、票子供着你，不疼你疼谁？外人，谁白给你一分了？自己娘家穷，公公又早早不在了，婆婆活一天就多给你挣一天钱，大哥离得远，还不是都补贴给了你和孩子？长得漂亮是暂时的，没工作，才是一个女人最大的危机，也是一切悲剧的源起。自己难道没看见，镜子里，脸上、眼角的皱纹越来越多了吗？而且，这些劝架的，有人真心，有人虚情。虽然当面不说啥，背后肯定议论——就人家这家境、这素质，要不是当年的少年被美色盖住了心，根本也不会娶你。况且，那些平时和你婆婆有矛盾的，这会儿还不是看乐子？

真不懂贵人咋想的。

这不，前几天，两口子又闹了一次离婚。原因是男人投资赔了钱。

据众人看，她这又是一次表演。

果然，男人从外地一回来，她立刻偃旗息鼓。

最终，还是娘疼儿。老太太默默拿出几十万私房钱，替他还了部分欠款。

…………

要说，日子在吵闹中朝前走着，也行。但是，贵人特别能折腾。

这不，因为男人还欠款几十万，手头紧些，每个月只能给她3000块零花，不如以前那么宽裕。

她先是觉得委屈，继而倍感愤愤。因为她姐姐嫁了个有钱人，吃穿用度，样样精致。她看在眼里，酸在心里。

一场大吵之后，她收拾了自己的行李，搬离。

男人被她闹凉了心，婆婆隐忍这么多年也到达了宽容的极限。

于是，双方签订了离婚协议。

她分到手两套房，女儿归她。每月，丈夫为闺女付3000元生活费，直到孩子18岁成人。

"唉，我只是可怜孩子。至于其他，都无所谓。"男人在失眠了两个夜晚之后，感叹。

"别太难过，这样的媳妇离了，该买挂鞭炮放一放。"熟人安慰，"等过几年，有了合适的，再娶个好的。"

过年

"要不是等恁娘俩，我和你妈，早就晒上 16℃ 的太阳了。"

的确，要不是等外孙期末考试，梅子的爸妈早就出发去温暖的南方了。

"咱家在这里的亲戚和朋友不算少，我年纪大了，过年不想再忙着做饭了，太累。"梅子妈感叹。

"其实，心里亲就够了，平时有空就来家坐坐，一起打个麻将、吃个饭，比啥都强。"梅子议论。

"话不能这样说，"梅子妈纠正，"俺们是长辈，小辈儿该来。不来瞧瞧，他们心里、脸上都过不去。可是来了吧，人家又跑路又花钱，见了你的孩子，还要再拿压岁钱，不少破费。"

"咱从没让谁吃过亏，回的礼都是比拿来的多。至于压岁钱，俺宝贝外孙没出生前，咱家哪年不是光出不进？有的人家还几个孩子，谁又能计较去？说到底，大家心里都有数，谁也不会占谁的便宜，除非那特没出息的。"梅子爸，其实很精明。

"过年过节，还不是让交通运输部门、超市和饭店把钱给赚走了。所以，我赞成咱家去外地过年。"梅子妈主张，"彼此都省了麻烦。自己想吃啥做点儿啥，想躺着就躺着。亲人之间，打个电话问个好，就中了。"

"说起这个过年的人情之累，我给恁讲一个。"梅子爸点上一支烟，"去年年后，我接到个电话，是老李打来的。说她姑娘年前来市里办事，打咱家固定电话没人接，结果就回去了，还责怪我都忙啥哩！"

"她姑娘可以打俺妈的电话。"梅子认真地说。

"傻孩子！她这是典型的'便宜怪'。"梅子爸笑了，"我心里清楚，她姑娘主要是来给某些领导拜年，顺便打个电话给我，根本没诚心来看。结果，我正好没在家，她也就心安理得地回去了。她完全可以再打我的手机。"

"明白。要来的，千山万水挡不住。"梅子也笑了，"她完全可以直接来家，过年了，谁家里能没个人？"

"按我从前的脾气，真想回她一句，当年你找我给你闺女疏通关系时，我可比现在忙得多！恁娘俩还不是见缝插针，分别在办公室门口和家门口蹲点儿堵住我了吗？"梅子爸大笑，"如今，我退休了，天天有时间，她们却没空闲了。"

"她也真是，耍这个精干啥，都是老同学，谁还计较？再说，当初帮她也没图啥。有空就来坐坐，不来也是因为忙，都理解，何必卖这个乖，多此一举。"梅子妈一边剥豆子一边说。

"这种人，最虚伪。"梅子说，"她的意思是，自己不是忘记别人好处的人。可事情已经办成了，就不想再破费了。尽管当时除了几兜苹果、几壶香油，她也没给咱拿过啥。你是讲同学、同乡情分，人家可没这么想。要不，她也不会这么丢份儿！"

"当初要不是看她男人和我一起长大的面儿，都懒得理她。"梅子爸说，"如今还自作聪明跟我耍嘴皮。要不是考虑到她有乳腺癌，我肯定说她一句。"

"乳腺癌？"梅子追问，"啥情况？"

"切了。"梅子妈说，"她一辈子心强，老嫌自己男人没本事，终于气出了病。"

"我记得，她男人的哥哥在村子里可是个干部，就没拉她男人一把？"梅子好奇。

"当初，她就是冲着这个大伯哥才接近自己男人的。但大伯哥是个明眼人，打心里看不上她。没帮她，是瞧不上；没帮弟弟，是怕她得势后变脸、惹祸。"梅子妈心明眼亮。

"虽然当时我不大，就觉得这个女人不善。有段日子，她为了民办教师转正，三天两头来家里吃住。那时咱屋子小，她一来，我爸就只能睡办公室。就这样添着麻烦，她却从没给我买过糖果、小礼物啥的。"

"要说，她男人也真老实，但凡有点儿心眼的，绝不会轻易跟她处对象。"

"一个年轻的本分男人，可抵不住一个有目的、有心计的年轻女人的诱惑。"梅子猜测，"十有八九，是她主动追的他。"

"人家两口子的事儿，咱别瞎猜。反正，我们当年同学里，凡是混出个样来的，她都到人家家里去过。不是给她自己跑教师转正，就是为儿女的上学、就业、提拔找门路。"

"按说，也是个有本事的。这些，本都是该由男人操心的。"

"要不老生气呢。肯定是男人不中用，她又不甘平庸。所以，一个女人家，整天抛头露面的。"

"这就是心强命不强。不过，总算没白跑，儿女都安排妥当了，就是有些不择手段。"

"咋？"

"听说，不知她求娟子爸办啥事儿，俩人一起去海南玩了一趟。你说咋恁巧，被娟子撞见了。如今，人家父女俩还在怄气，娟子至今都不跟她爸说话……"

"想不到她会的还真多。"

"娘俩嘀嘀咕咕，说啥哩，让老头也听听。"突然，梅子爸拉开厨房的玻璃门，走了进来。

"能说啥，俺们商量，从今以后，咱都出去过年，又高兴，又省心。"梅子递给她爸一瓣蒜，"麻烦剥剥皮儿。"

…………

让人想不到的是，这年春暖花开时，梅子爸接到了老李的电话。

原来，她男人去城里帮一家私人公司守大门，连着忙了几天后，突然心梗发作，猝死了。老总将尸体运回并给了一笔钱，她悲痛之余，接受了现实和现金。

谁料，丧事办妥后，她又觉得对方出得有点儿少……

也不知从哪儿打听到梅子爸和这家老总认识，她拨通了长久没有联络的熟悉号码，并直接说出要求——请梅子爸给带个话，看能不能再添些钱。

梅子爸请她保重身体，并婉言拒绝了她的请求。

回归

听说，尖鼻头和大眼儿复婚了。

这个消息一传开，不啻在熟人中引爆了一枚炸弹。

20 多年了，最终，两个加起来 120 岁的人，经过吵吵闹闹，兜兜转转，又走到了一起。

…………

"都怪你们给他升了官，要不，他不会刚升职 18 天就跟我闹离婚。"据说，这是当年尖鼻头跑到大眼儿单位领导办公室哭诉的原话。

这场离婚大战，群众都支持大眼儿。理由是：这娘们水平差，嘴太笨，还狭隘……

"既如此，难道当初相处时没发觉她的毛病？"

"当初？当初他穷得很，哪儿有资格挑三拣四？况且，尖鼻头年轻时油头粉面，两根大黑辫子，加上又是村卫生院的卫生员，在农村女人堆里，也算出挑了。"

"皮相不赖。"

"可惜,一张嘴就露馅儿。说起话来有头没脚,缺根筋。"

"听说大眼儿还是个工农兵大学生,就没觉察这娘们不行?"

"媒人介绍认识的,没咋了解,就结婚了。"

"草率。"

"他娘死得早,爹是水利所的会计,见过这个女卫生员,觉得不赖,就托人说了媒。"

…………

在第二个儿子出生不久后,也就是他被提拔副处级不久,俩人离婚了。

虽然老同学、老乡、双方领导都认真做了工作,甚至有些老大哥和老大姐还怒斥了他,婚,还是离了。

"这不是别的事,没法商量,必须分开。"他态度坚决。

"听说没有,大眼儿去北京进修时跟一个云南的女人通过跳舞认识并好上了。那女的有老公,还有一儿一女。"

"俩人都动了真格的,分别离了。女的带过来一个儿子,他带着自己的两个儿子。"

"为啥不给前妻留下一个?"

"怕她教育不好。不过,他把一套房子写在前妻和大儿子名下了,还算有良心吧。5 年前,前岳母家失火,他还给了2000 块钱,总算没有忘本,毕竟他上大学时的学费都是前妻和前妻娘家给的。"

转眼,20 年过去了。

再婚的家里，也是矛盾不断。

主要是，云南来的男孩子没有和继父处好关系。当然，新妈妈做了鱼，为了让自己儿子多吃，就用筷子夹住男人儿子的筷子，对于新家庭成员间的和睦，也没起啥好作用。

后来，云南的男孩子大了，就回老家去了。自然，当妈的也跟着儿子走了。

大眼儿追到云南，尽全力挽留，还是失败了。

看着这个快60岁的单身男人，有人劝导他："有个差不多，跟前妻复婚算了。"

"不行。"沉默十多分钟后，他抬头看天，"真的不行，不能复婚。"

看来，他的确怕了前妻。

以前在农村还不觉得，自打进了城，走进机关大院，就越来越发现自己的前妻实在是没水平。他单位的男人也跟着起哄："哥，恁笨的女人，还不跟她离了，你窝囊不窝囊？"

"但凡他多夸一句别的女人，她就疑神疑鬼，搞得再没女人和他说话，怕惹是非。"

"有一回，领导去家里吃饭，她端上饭菜后不知如何搭话，就垂着手站在桌子旁，不吭声也不走开，让人尴尬非常。"

"有人给她侄女介绍对象，她却说既然条件恁好，咋不留着介绍给自己妞？说出这话来，不是傻子又是啥？"

"听说，她是被抱养的，家里就她娘俩，从小生活的环境就不行。"

…………

　　没想到，折腾了一圈儿，60 岁的他，又单身了。

　　"他这么些年没升官也没发财，加上没处理好家庭关系，人家和儿子一起回云南了，也难怪。"

　　"在婚姻这条路上，大眼儿没少受煎熬。"

　　茶余饭后的众说纷纭中，他独自过了 3 年单身生活。

　　2017 年白露过后，许久不愿见人的尖鼻头突然托人捎话，说是生了病，身子不爽，想让小玲妈去她家里坐坐。

　　乍听之下，让人难免联想：莫非她心情郁结生了什么病，想和老熟人最后再见见面？于是，小玲妈抽时间赶去。结果，大半个上午她都在神清气爽地说东扯西，让人摸不着北。

　　2018 年白露刚过，就传开了她复婚的消息。

　　这个女人，真有意思。

　　想想当初离婚时，平时不怎么来往的她，三天两头跑来找小玲妈哭诉，小玲家成了一个垃圾情绪倾倒场。愤怒、难过、绝望中的她口不择言，该说的不该说的，都说了。男人的薄情冷酷，自己跪求公婆的挣扎，孩子流泪抱怨的神情，统统讲得毫无保留。

　　离婚后，平静下来的她，不知出于何种目的，居然在别人面前说小玲妈的风凉话。话被人传给小玲妈，善良的小玲妈颇为不满：当初我那样安慰你，你居然背后如此说我，真是！

其实，一个人如果出于信任而在另一个人面前暴露了最脆弱和不堪的一面后，事后往往会疏远甚至恼恨曾经耐心倾听并劝导自己的人。这个问题，属于心理学范畴。

"这下子中了，一家四口又团聚了。"李伯点了根烟总结，"都60多岁的人了，老皮老腿，想折腾也没人理了，从此安稳过日子妥了。"

安稳没安稳咱不知道，反正，两口子复婚后从没去过小玲家。

至于小玲妈，当初那么热心、真诚劝解过他们的同乡和老大姐，早就选择性地被人家给遗忘了。

姐妹

2020 年疫情期间，每周吃顿饺子，成为家里的保留节目。

上午 10 点开始和面、拌馅儿；12 点左右，一家人围坐饭桌，边唠嗑边包饺子；下午 1 点钟，胖乎乎的水饺被盛在大小不等的盆里端上，蘸着蒜汁儿，热气腾腾中，除了吞咽声，一片寂静。

想想都是一种满足。

转眼，周末又来到，包饺子活动照例进行。

其间，老妈说起了她的一个女朋友有多么仗义、多么能耐。

我的脑海里突然跳出了另外一个人：中等个头，微胖，短发，肉泡泡眼，姿色平平的一个女人。

这个女人，接连死了三任丈夫。我第一次，也是仅有的一次见到她，是她第三个男人离世后没几天的某一天。她由一个女朋友陪着，来到我家，找我妈借钱。

5000 块！正在阳台擦鞋的我听到这个数，特意踱来客厅，看了她一眼。要知道，16 年前，这可是一个科级干部将近一年的工资。"好家伙，张嘴的魄力，远远大于自己的收入实力，估计一时半会儿还不上。"我心想。

老妈脸上稍露不悦之色，片刻后，就展示出"同意"的表情。

"咱都恁熟了，我就不跟你客气了，借条免了吧。"她不见外到让人不舒服的程度。

老妈略张了张嘴，又闭上了。

老妈没有拒绝，难道是看在她又死了男人的分上？我揣度。因为在钱财上主张同任何人都不掺和的老妈，今天太过反常。

拿着存折，老妈出了门。

屋里，剩下说说笑笑的两个来者。

上午 11 点左右，借到钱的她神采奕奕地离去。还好，她总算没有不见外到再留下吃顿午饭。

不一会儿，老爸下班回来，我立刻悄悄告诉他这件事。

"恁妈也是，咋不让她写个借条？自己一年到头不舍得买件衣服，这倒好，一把借给人家 5000 块，穷大方！也不等我回来后商量商量。"老爸尽量克制住愤怒，"她男人死了，亲朋的份子钱可不少，哪里还需要借钱？那个陪着来的也是可恶，你咋不借给她？己所不欲，勿施于人。"

"她没有一丝哀色。"我说，"也是，死一回男人借一遍钱，悲痛很快就消散了。"

转眼，多少年过去了。她，再也没有露过面儿。

其间，我偶然问过一次："妈，你的那个好姐妹是否还了那 5000 块？"我妈回答："你少管大人的闲事儿。"我识趣地默默走开，远远地看着她尽量表现出的平静。然而，对"朋友"的失望和愤怒，让她正在切菜的刀突然加快了速度。

…………

今天中午，话赶话，我乘机又问了一回："你那个好姐妹，还钱了没，5000 块？"

老妈包饺子的手微微抖了一下。我明白她的感受，所以立刻转移了话题。

下饺子时，老爸轻轻把我拉到一边，说："不让还钱的，都是看重情义的，谁也不是钱多。别再提那个人了，这么多年，都没来往了。当年，她认过你姥姥做干妈，和你妈是结拜的姐妹。命不好，连死了几个男人，你妈心疼她。可惜，这世上不够意思的人太多。如果你旧事重提，你妈一旦生了气，那就是大气，会伤身，懂不？"

我，点头。

菩萨在上，神灵有眼。行善为心，沉默为情。

不值得计较的，不必在意。

5000 块，认清了一个"童年结拜姐妹"，不贵。

惊喜

一

"我竟然没听见佳乐喊我。"中午回到家，小男生自责，"太不应该了。"

原来是上午放学时，他没注意到旁边不远处的佳乐跟自己打招呼。

"下午，我会给她个小惊喜。"小男生灵机一动，"平时，佳乐在学习上给我那么多帮助，我却让她不高兴了。高情商男生一定会弥补自己的过失。"

"准备什么小惊喜？"

"保密。"

二

下午送他上学，一直看着小背影走进校门。

一转身，看到佳乐从她妈妈电动车上下来。

"乐乐，下午你会有个惊喜。"搂着她的小肩膀，我陪着往前走了五六步。

三

下午，6：20，小男生出现。

原来，认真的数学老师给大家多讲了一节课。

"惊喜送了吗?"接过书包，我开口问。

"一直没找到机会，一下课，她就和别的女生一起玩了，我不方便过去。"

"究竟是什么惊喜?"

"红糖饼干。我听你给姥姥说，吃红糖类食品，对女同志身体好。"

"……"

"几次想过去给她，但人太多，我怕有男生起哄。"

"三年级的小屁孩儿，都恁妖怪?"

"有人学习不用心，造谣可在行。"

"问题是，我已经告诉她会有惊喜了。"

"妈，你的嘴不该恁快。这样，我连个回旋的余地都没有了。咱娘俩，今天先后让佳乐失望了。"

"谁想到会这样。难道你没错？高情商男生就是这样让女同学和自己妈失望的？"

"我怕了，行了吧。"

"既然没有送，那饼干呢？"

"放学排队时，我抓紧吃了。当时水也喝完了，噎得我不行。"

"你就没在队伍里再找找，瞅机会给她？"

"瞅了，没看到。"

"傻瓜！她没排队，不正是你送惊喜的最佳时机？"

"我怎么没想到！你该早告诉我。"

"傻。"

四

2020 年 6 月 19 日，早上 6：40，起床。

7：30，准时出门上学。

今天，特意提前 15 分钟出发。

因为，小男生今天要买东西。

五

"老板，这些零钱总共是 5 块，你再数一遍。"一把硬币放在店主面前的桌子上。

最终，小男生选了一盒橘红色的"起泡胶"，女孩子们现在正流行玩这个。

"妈，帮我放书包里。"

"中午老地方等你，不见不散。"

六

"送了。"中午放学回家路上，小男生主动开口，"第二节下课，我勇敢走过去，把礼物放在了佳乐的桌子上。"

"点赞。"

"她同桌也在，满眼疑问地看着我。我稳稳心跳，直接告诉佳乐，这个是我买给她的。"

"真酷。"

"她一听，瞬间笑了，像个天使。"

"原来，开心就是这样的表情。"

"我们班的女生，哗一下都围到她身边了。"

"可以想见当时的情形。"

"佳乐很大方，把胶分出去三分之一给了她们。"

"好姑娘都是这样。"

七

到了家属院，路过便利店时，小男生放慢脚步。

"能给买根奶糕吗？我今天进步太大了。"

"换别的吧，太凉，会伤胃。"

"你不说过吗，高情商男生，都善于坚持。"

犹豫片刻后，我说："好吧，吃完再回家。要不，姥姥会生气。"

"谢谢妈妈！"

"妖精！"

惊蛰

惊蛰了，时间真快。

"人，没啥担待。"红姨感叹，"老郑家的，今天凌晨 4 点，走了。"

我和老爸，都愣了一下，不太敢相信。

上周某个中午，接儿子放学回来，快到家的路口时，还遇见她。当时，她穿件蓝色绵绸短袄，黑裤，正遛心爱的小白狗。

"好久不见。"

"出了趟远门儿，刚回。"她一笑，两眼弯弯，"这小家伙，才几个月不见，长高了，也胖了。"

"是。胃口好，一顿吃 30 个饺子。"

本想有机会去她家里参观一下，听说装修得很有品。真没想到……

"她刚过 62 岁生日，身体硬朗，气色红润。前几天还打着麻将呢，怎么突然就走了？"

"不是说当时昏迷了，医院抬走抢救了，咋就没了？"

"脑瘤崩裂。你想啊，脑子里都是血，还能活？"

"老两口就一个姑娘，在芬兰，还是个歌唱家，听说刚生了二胎，她过去照顾了一段时间。飞机来，飞机去，估计是累着了。"

"脑子里长东西是不能劳累的，毕竟60多岁的人了。"

"听说她以前得过胃癌，动过刀的，肯定也有关系。"

"猛一听说她不在了，吓得我今天下午没敢去打麻将。"

"也是，平时经常见面，太熟了。"

"那天她来打麻将，可不是我召集的。当时她说左手有点儿不舒服，我还走近看了看。"

"家里房子住不完。就这么走了，没福啊。"

俏丽的衣饰，红红的嘴唇，油亮的黑发，满足的微笑，雪白的宠物狗。一看，就是个衣食无忧的富足女人。

可惜了。

她家别处的房子咋样我没看到，可所住小区里的这套一楼的130多平方米的房子装修得很是讲究。光是落地的磨砂玻璃和精巧细致的白色纱帘，就时常引人驻足。

…………

半年后的一天中午，站在路口接孩子，碰巧遇见了一位消息灵通人士。

"昨晚，我们到县里去玩，吃特色美食，喝酒打牌到半夜，找不到睡觉的地方，就给老郑打了个电话，他立马找人给我们弄了个不赖的歇脚处。"

"那是。领导的朋友来了，还能没地方过夜？"

"是私人住处。他的女朋友家里。"

我一愣。

"老婆还活着时，他就处着这个女朋友了。老婆一死，正好腾位儿。"

"怪不得，有次路上偶遇，我正琢磨着咋说句安慰且又不惹他伤感的话，谁料，他神色里并没有悲痛……"

来自巩义的女理发师

2017 年 8 月 4 日,晚上 8 点。

"老板好。"拉开理发店的玻璃门,我含着笑打招呼。

"哟,多长时间没见啦,快两年了吧?"脸上擦着细粉、嘴上涂了玫红色唇膏的老板热情寒暄。

"你记性真好。"

店里,有位男客正让老板帮他修剪秃得相当惨淡的稀疏毛发。我,就坐在小小的黑色人造皮革沙发里等。

"你瘦多了。"老板扭头看了看,"本来人就长得清秀,现在小辫儿一扎,连衣裙一穿,姑娘一样,刚才我差点儿没敢认。"

"都当娘的人了,还年轻个啥。别老得太快就知足了。"我客气着,脸却转向镜子,不由自主地整理了一下头发。

"你才多大,"老板的红嘴唇在白色的灯光下一闪一闪,"不知道的,还想给你介绍对象哩。"

"行,你给我介绍一个。先说下,没钱、不帅的可不行。"

"没问题!"

"估计都是些 50 岁往上的老头子吧。"我有意逗她开心。

果然,她咧嘴笑了,说:"60 岁、70 岁的都有,你相中相不中?"

这时,那位男客站了起来,满意地照着镜子左右审视自己的发型,用手捋了捋右鬓,结账,拉开门走了。

我起身坐到转椅里,散开了依然乌亮却不再浓密的过肩长发。

"想收拾成啥样?"

"帮我剪短,长度控制在还能束个马尾。"

"那烫的发卷儿可就没了。"

"没事儿,回头凉快了,再来你这儿烫不就得了。"

"行。"老板边回答边利索地开始实现我的要求……

看着镜子里她没怎么变化的脸庞和腰身,我感叹:"那年你刚来这个院里开张,大家都传着说来了个美人,手艺好,价钱也公道。讲真的,自从我离开郑州,就再没遇到像你手艺这么好的。"

"我在巩义学的本事,"她倒实在,也没谦虚,"师傅可是得过大奖的。后来,有了孩子,觉得还是回郑州娘家好些,有人疼,有亲戚照应。起初,我在国道旁边搭了个小屋,开始自食其力。"

"不简单。你有几个孩子?"

"两个,都是女孩儿。"

瞬间，我好像突然明白为啥从没见过，更没听她提起过她的男人。

"开始干生意那会儿，理发便宜，我才收 1 块钱。"

"就凭你这手艺，要得太少了。"

"有一回，有个客人给了张 5 块的，偏偏那天我咋也找不到零钱。人家见我寻得满头大汗，就说，别找了，5 块不多，从没人把我的头发收拾得这么好。"

"是个啥样的客人？"

"一个又漂亮又有风度的男人。一米八多的个头，白净斯文，穿了一身银灰色的中山装，说话慢条斯理，一看就是个文化人儿。"

"他穿的啥鞋？"关于这一点，我很在意。

"黑色的皮鞋。当时，我二妞才 1 岁，那天我身上饭粒子、奶水印儿啥都有，没想到会有体面人进店，一时也来不及换衣裳了。想想自己当时那个邋遢样，真是不好意思。"

"手艺好就中，人家不也赞赏你了吗。"

"临走，他还给了我大妞两根香蕉和几个桃。说瞅这孩子多听话，自己坐一边儿玩也不吭声。我家的孩子有保姆、爷奶照顾着，还淘得不行。"

"这是哪一年的事儿？"

"九三年。"

"那年月，水果可贵。小时候，我就羡慕过二楼有钱邻居家的孩子，他曾因连吃了六根香蕉而闹肚子进医院输水……"

"我咋不知道那东西不便宜，明显是他走亲戚带的礼。"

"你给他理的啥发型？"

"领导那样的发型。"

说完，我俩都笑了。

"后来，那个顾客又来过没？"

"再也没见过。人家分明是富贵人，偶尔进了路边小店罢了。"

"20 多年了还没忘。看来，那个顾客很特别。"

老板没吭声。

看着镜中自己扎起马尾后的形象不赖，我很满意。

理发费，20 元。

起身，告辞。走了几十米后，回头，老板正细心地清扫店里地面上的碎发。

2013 年底，即将离开郑州时，我无意听到别人议论她，说是一个离了婚的女人，独自带着俩孩子……

2019 年 11 月 5 日，当我坐公交路过曾经住的院子时，很想再去她店里剪回头发。可稍稍犹豫后，终究没有下车。

因为，那时的我隐约感觉到，自己生活中的波涛，即将来临。

李疤瘌

下雨，停电，点蜡。

"看来今晚要热着睡了。"老爸在暗影里开口说，"以前没电的时候，老百姓落黑儿就开始唠嗑，民间文学特别活跃。"

"还记得李疤瘌剧场吗？"老妈问。

"咋能忘？下课了就抓紧凑过去，有时候入了迷，连上课铃都听不见。老师来上课，见教室里没人，就直接去剧场，一抓一个准。"老爸笑了。

"他会说的书可不少，光我记住的就有薛仁贵征东、李白醉酒、三国、穆桂英挂帅、王三姐住寒窑、铡美案……"老妈津津乐道。

"不简单，会恁多！"我感叹。

"他又说又唱，拍着两头裹着鱼皮的竹筒鼓，哐哐哐一个晚上，少说也能挣三到五毛钱。"老爸模仿起打鼓的姿势。

"少了点儿吧？"坐在饭桌旁看蜡滴泪的儿子问。

"那年头，一分钱就买一堆鸡蛋。五毛，可是大钱！"老妈解释，"他儿子也会唱，爷儿俩轮着，能讲唱到半夜。总是说到精彩处打住，他儿子拿着个帽子或者小盘子开始收钱。如果少了，李疤瘌就开口：'老少爷们儿再给添点儿，这不够俺和孩儿吃顿饭哩。'"

"难道没人能多给些?"我问。

"街上你德俊叔他爹，有回给了五毛，我记得可清。他有买卖，是个体面人。"老爸回忆，"李疤瘌穷，没啥名气，也没有专门的表演场地。于是，他干脆就在河沟里开唱。结果，一亮嗓子，把其他场子的听客都吸引来了。"

"的确，那嗓门儿真叫亮，多少年了，我都记得。哪儿像现在的一些歌星，嗓子像被猫捏住了，光张嘴，听不见音。"老妈扭头问老爸，"除了老师，你小时候没少受李疤瘌影响，对不?"

"听他讲唱，是我小时候最大的娱乐。听过后，回到家，我自己也开讲。一圈子老头老太婆围着，我能讲到下半夜。结果，俺爹半夜起来解手，看见我在烛光里眉飞色舞，上去就大着嗓门儿呵斥，都啥时候了，瞎掰个啥? 还不赶紧睡觉去，净耽误大人明天干活! 结果，俺太爷说，你吵啥? 我听着可怪好，让他讲。俺爹这才不吱声。结果，他站住听了一会儿后，自己搬个墩儿过来坐下了……"

"可能从那时候起，他开始觉得自己的儿子比自己有文化。"我看着老爸的笑脸，夸赞道。

"总之，见我夜里看书，他再也不是粗鲁地一下吹灭灯，并恶狠狠地说一句'别瞎费油了'。后来，他不愿意再让我上学时，老师以及听我说过书的人都劝他，'你要供你这个娃儿上学，可别屈才喽'。于是，他咬咬牙，让我接着读了。"

"阿爷，你唱一段，让我听听。"儿子提议。

"中！"老爸姿势一架，说，"好好听着。"

脸面

"你有福气，头胎就是个男孩儿。不像我，打 20 岁就开始生，一口气生了六个姐，40 岁上才终于有了个儿子。"

产后住院时，同屋一个将近 60 岁的病友，在熟悉之后，主动和我聊起了天。

"女孩子有本事，比男孩儿还强。"我没说虚话。因为我妈就是俩闺女。

"话虽如此，可到底不同。"老姐姐长叹一声，"在农村，你没儿子，人家就是低看你。为争一口气，我像母猪下崽儿。几十年来，我从没睡过干被窝，还要下地干农活，简直不是人过的日子。"

听她说得动了情，我不知该咋接，默默瞥了一眼她瘦巴巴的身子以及干瘪下垂的胸部。

这个女人突然被查出乳房上长了个瘤，必须立刻化验，然后再做下一步决定。由于肿瘤科床位满员，她就临时住进了产科病房。在等待化验结果的几天里，常有和她情况相同的病友过来聊天。其中，有个生猛的，一边大声安慰她，一边把衣服一脱，说："瞅，大不了就是割了，像我这样!"恍惚间，只觉得她胸前一片黑暗，我没敢细看，赶紧闭眼……

她住院的第三天傍晚，也就是化验结果出来的头天夜里，她妹子过来探看并留下过夜。我俩是双人间，有热水洗澡，还可以在墙边儿加一个看护床。所以，多住一个人也没什么不方便。姐儿俩嘀嘀咕咕说家常，一直到后半夜还精神着。

其间，她们聊起了发生在家乡的一起陈年旧案。

"犯的啥罪判了19年?"我因为刀口疼没睡踏实，听得入神，就在黑暗中翻了个身，轻声发问。

"强奸。"老姐姐回答。

"其实，是冤枉的。"她妹子抱着膝盖倚在墙上，"他是俺那儿文化局的职员，有些文化。不知跟领导有矛盾还是咋的，总是挑人家的错儿。有回，一批外地人来参观学习，他当众纠正了局长念错的一个字。"

"人都是要脸面的，他这样做心里是痛快了，可却会招祸。"

"可不是，局长丢了份儿，心里恼，发狠整他。据说，当时恰好有个女的想进文化局，于是就有了一起'强奸案'。"

"这女的也欠考虑。"我感叹，"为了个工作而舍了自己的名声，到底还是划不来。"

"那天晚上七点半，这女的特意瞅空子去了他家，说是请教问题。结果，在屋里待了半个小时后，就衣衫不整地跑出来了……"

"这种事情，女的一旦咬死，男的只能认命。"

"警方总要调查、取证，哪儿能全听她一面之词？"

"既然要毁他，人家肯定步步都精心安排妥了，总不能搬起石头砸了自己的脚。"

"那女的，工作如愿了吗？"我问。

"没有。她也不想一想，局长让你做了恁龌龊的事儿，还能再让你到他的一亩三分地里混收入，这以后，他尊严何在？你提啥要求，他答应还是不答应？他躲你还来不及，还能让你要挟一辈子？"

"所以这女的只能吃个哑巴亏。不过，头上顶的这个屎盆有点儿大。"

"听说那女的当时有个男朋友，俩人后来一起去了内蒙古。婚是结了，可一闹别扭就互相辱骂，彼此仇视了几十年……"

"早知如此，何必当初。"

"这个坐了牢的，老婆跟他离了，儿女也厌烦他，没人去监狱探望。听说他在里头弄明白了缘由，不仅发誓要活着出去，还放话说冤有头债有主。"

"19 年，人能有几个 19 年？都搁里头了，谁也没落好儿。要说，他也该想想，自己是不是也不该当众多次羞辱人家……"

"不管咋，毕竟局长做得有点儿过。"

"到底他活着出来没?"

"出来了。出来第一件事就是去内蒙古找那女的。听说她写了证明材料,签名还按了血指印儿。"

"后来呢?"

"还没等他告上法庭,老局长就死了。事实上,自打听说他去了内蒙古,老局长就开始犯心脏病,终于有一次没抢救过来。"

…………

我出院的前一天上午,老姐姐的儿子,一个 20 出头的小伙子,来看她。

"别跟你对象讲我的情况。"她轻声嘱咐,"就说是小毛病,很快就能出院回家了,听见没?要不人家一准儿会和你黄了……"

晾衣

2019 年 7 月 3 日。

往年这个时候，正晾冬衣。至于棉被褥子，早就历经三遍烈日暴晒，并被收入储藏袋，整齐地放置妥当了。

今年，这一活动却迟迟没有进行。一来，因为小区物业有了新规定，不准私自扯绳子搭衣物；二来，也是主要原因，老爸于 6 月 28 日做了心脏安放支架的手术。

从年前开始，他就时常在夜里三四点钟因胸闷醒来。我们建议他去医院看看，他却自信地认为是吃得有点儿多所致。其间，他还经人推荐拜访了民间医生，吃了两个多月的苦药。时至 6 月 26 日，他心系集体，竟然还坚持要带队去北京开会……好在单位领导考虑得周到，坚持让他检查身体后再出发。

于是，"高危险性突发心脏病，必须立刻放入支架"的检测结果阻止了他意气风发的首都之行。

手术很顺利，明天就出院了。这不，我妈想把她老伴儿的被子、褥子、枕头都晒晒。

于是，一大早，我就偷偷把自家用毛线搓制的晾衣绳拴在窗前的玉兰花树和柿子树上，分几趟把东西拿出、晾上。然后，就出门买菜了。

吃午饭时，从儿子嘴里得知，老妈和物业人员吵了一架。

自从物业换了经理，很多新风貌纷纷呈现出来：快生锈的喷泉在重大节日里喷水了；门卫随时起立给进出大门的小汽车敬礼，至于电动车、小篷车、自行车和步行者则不享受这等礼遇；来往进出人员无论是谁，都要在大门口的特制机器上刷脸并按指印，而且，必须是按时上交物业费的才有被如此检验的机会……

只是，老百姓过日子吃喝拉撒之余，洗洗晒晒也是必需的。为了表面好看，放着大太阳不让晒，硬是让你把衣服挂屋里阴干，说起来就气人。

更何况，电梯还隔三岔五出故障，突然把人闷在里面的情形发生过不止四五回了。就算电梯运行正常，可也有突然停电的时候。如此一来，你把被子晾在七楼，就面临傍晚时分扛着它们走回一楼的体力考验。又怎奈各家勤劳的女人太多，稍微懒散，就会发现有限的楼顶一大早已被占满……于是，你这边刚偷偷晒在自家窗前，那边物业小姑娘就来敲门请你收起，仿佛猫和老鼠。次数多了，彼此虽然嘴上客气着，但神情麻木了。

终于，7月3日上午，老妈爆发了。

　　据说，我离开之后，物业上门，老妈独自扛回一条大厚被褥；半小时后，老妈默默晒出，物业又来敲门，被褥又被收回；接着，相同的剧情又上演了一次。

　　于是，三进三出、满身大汗的老妈，面对第四次上门的物业人员，嗓门开始高了："上上周，你说上周能晒；上周，你说这周能晒；今天，这么毒的太阳，这么厚的褥子，你让老婆子拿进扛出三次，实在是欺负人！我也懂得，院子里住这么多户人家，物业不好干。但是，我们支持配合你们的工作，你们也要有个差不多，别太过分。说什么大领导要来检查，吓唬俺们老百姓是不是？"

　　老实人火起来，一般人可压不住。于是，我家的被褥顺利晾晒。

　　"消消气。大热的天儿，你要是气恼伤了身，可不是闹着玩儿的。"我看着情绪依然激动的老妈，劝她道。

　　"当年，我也做过群众工作。"老妈年轻时，也是深入过基层的。"那时候，我吃住都在老百姓家。每天帮着收庄稼、抬粪、烧锅做饭，再苦再累心都甜，因为在响应毛主席的号召，和老百姓打成一片。哼，哪儿像他们，逼着老实人吵架，真是的！"

　　"怪不得姥姥刚才义正词严，嗓门那么大，原来是有工作经验的。"儿子笑眯眯地说。

　　"对！别看我穿着朴素，整天在家里给你们做饭，姥姥我也是见过世面的。年轻的时候坐火车去过北京，毛主席都接见过我们。今天，算是给他们上一课。"

············

如今，在自家窗前，终于又能自由自在地晾晒衣物了。当然，物业再也没来过一次。至于传说中的那位"视察领导"，很忙，估计连路过这里的时间都没有。

妈糊

"哟，来了。"老板娘招呼我，"还是老样子，妈糊一碗，马蹄饼一个?"

"两个饼。"我声明，"刚体检完，起得早，消耗大，需要补充一下。"

"好嘞。你先坐，马上好。"老板说着掀开大木桶盖儿，给我盛了满满一碗糊，且细心地撒上芝麻盐和事先煮熟、腌渍好的黄豆，然后帮我夹了两个黄灿灿的油炸马蹄饼，盛了一碟小咸菜。咸菜由芹菜（有时是韭菜或萝卜丝）、红绿辣椒丝和黄豆混合而成。

"香，就是这个味儿。"咬了一口饼，喝了一口糊，我才说话，"要是你们的铺子能搬到俺家现在住的地方就好了。时不时地，我还真怪想这一口。"

"总有老主顾端着锅坐车过来，自己在俺这儿吃罢，再给家里买回去。"老板娘笑容里带着骄傲。

"只要我打这里过，肯定下车，否则总觉得少了啥。"我看着今天站在油锅边炸饼的小伙子说，"以前没见过你。"

"这是俺最大的孙子。"老板娘介绍。

"很帅。眉眼可像你们。"我实事求是。

"才高中毕业，不想再上学了，就瞎混。"老板开口，"如今我上了岁数，腰腿都不中了。木桶、铁锅是笨家伙，背着拿着都觉得费力，他正好愿意来帮忙，我立马轻松。"

"小买卖，挣口饭钱，没啥出息。"老板娘不无遗憾地接腔。

"买卖不分大小，只要生意好。"我说，"特别是这吃的东西，食料扎实、味道好，保管排着队来买。咱这生意恁多年了，早就美名四扬。财运到，拦不住，将来必定置门面、盖大房、娶美人儿。"

一家三口都笑了。

"你笑得可甜，嘴也甜。"老板娘夸我。

"我还有个优点：念旧。坐十来站车，就非到咱家店里吃不可。"

"这我信，你回回都这么说。"不轻易开口的老板立刻证明。

自打小学四年级，这家安徽人的"妈糊铺子"在我们家属院附近的十字路口开张，我就成了每天早上的忠实吃客，一直持续了许多年。尤其是寒气刮脸的秋冬的早上，下早自习回来，天还没彻底亮，远远瞅见这家帐篷里亮着的黄色灯光，心里就觉得温暖。待到越走越近，望见木桶掀盖后升起的热气，听到油锅里滋滋的煎炸声，心脏就会欢愉地加速跳动。至于马蹄饼的香味儿，早就隔着两个路口钻进了我的鼻子里……

和这家人熟了，我可以先吃，月底由我妈结账。

后来，我上大学离开了。听说这家与我同龄的一个男孩儿和一个女孩儿分别在六一路和七一路开了分店。

转眼，我已是做娘的人了。可这一口爱好，没变。

"不怕恁笑话，我怀孕那会儿，特别想吃妈糊，家人都说我嘴刁。结果，邻居陈叔知道了，特意给买了捎到家。忘不了，那天早上，正挺着肚子在院里散步的我，远远看见他手里的早饭，心跳立刻加速。于是，三步并作两步走上前接过美食，一边道谢，一边流口水……"

"哈哈。"旁边的一个食客听了我的话忍不住笑出了声。

"就是，女人有身子时，不定好哪一口哩。"老板娘深有感触。

唠嗑的工夫，美味下肚。

"结账，多少?"

"四块五。"

"好嘞。"

"欢迎再来。"

"回见。"

"回见。"

期中考试成绩

下午五点，寒风中。

像往常一样，站在十字路口，等孩子放学。

一

"妈。"熟悉的小脸儿出现，"同学拿了 100 元的大票，邀请我去超市买东西，我拒绝了，怕你等急了。"

"点赞。"

"我想吃土豆粉，可以吗?"

"当然。"

"先买个比萨，行吗?"

"没问题。"

二

"妈，这次你的钱又花不出去了。"

"啥意思?"

"我的数学成绩出来了。"

"咋样?"

"如果细心点儿，就满分了。"

"99?"

"我细心 6 次半，就满分，一次一分。"

"……"

三

"回到家，能别在姥姥和姥爷面前提我的成绩吗?"

"93.5，不少了。"

"我是说语文。"

"刚才你咋不吭声? 我还以为卷子没改出来呢。"

"要是说了，估计就没这顿美味了。你儿子成绩一般，可脑子还够用。"

"分数没有超出我的心脏承受范围吧?"

"80.5，惭愧。"

"……"

"替我们班主任难过，多好的老师！可惜，全班没有一个满分。80 分都很有限。"

"作文总共 20 分，你得多少？"

"我的文章相当精彩。"

"满分？"

"可惜，卷面太乱。"

"……"

"17 分。不少了。自从有了作文，考语文，我都是以不及格的心情准备的。"

"……"

四

"如果我宣布英语成绩，估计你都没力气走回家。"

"及格了吧？"

"……"

"多少？没关系，说。"

"姥姥知道了，明天早上肯定不会起来做早饭了。"

"你的成绩，不会让咱娘俩不好意思进屋吧？"

"……"

"没事儿，以后努力就行，别有压力。"

"别急，卷子还没改出来。"

"……"

巧克力

2020 年的春节，很特别。

全家，在福建团聚。而且由于新型冠状病毒的突然爆发和传播，亲人待在一起半年之久。这种天天见面的日子，非常难得。

除夕夜，儿子除了压岁钱，还收到一份贴心的礼物：一盒酒心巧克力，产自乌克兰。

打开包装，看着排放规整的大蚕豆形状的棕色巧克力，我感慨："我十岁左右才知道有酒心巧克力这种东西，而且，无论包装还是质量都很普通。没法和你比呀，小小年纪，吃的都是洋货。"

听我这么说，小家伙嘴角微微上扬，很是得意。

是呀，费列罗、金丝猴、德芙，他早吃腻了。目前为止，能打动他的巧克力只有来自比利时的"大海贝壳系列"。

"糖吃多了不好"，"巧克力会抑制孩子长个子"，这些，我知道，都知道。但是，只要不太过，还是会买给他。

　　因为，糖是孩子的最爱。每次看到他发自内心的笑容，都觉得这钱花得值得。而且，这种价格稍贵的糖，更是"奢侈品"这一概念的具体化。让孩子体会"适当享受生活"的美好感觉，同时树立"我是好孩子，可以拥有好东西"的心理认同非常重要。

　　教育专家和心理学家都说过，不能过分压抑人在童年时期的欲望，更不能让孩子有种"我家买不起""我不能、不该、不配买贵东西"的潜意识。否则，长大成人的他，不仅会委屈自己，更会因此而错失良机，比如好工作、好对象、好时机，因为他会提醒自己"这些很贵，我应该走开"。

　　更糟糕的是，孩童时期不恰当的"节约意识"和"小家子气"的行事风格一旦形成，将很难纠正。比如，有人竟然能做到只参加饭局而从不请客；有人打麻将输了一百元就开始脸黑；有人还钱能拖延至其生命临终之前；有人过年走亲戚时只拿一袋红薯粉条却还随身带着自己的孩子……

　　其实，关于巧克力，在我的记忆里，还有一种特殊的味道。

　　那是高考前夕，数学优等生来到好友家里，帮忙最后讲几道题。事有凑巧，在告辞前一分钟，一个熟悉的阿姨来到，送了盒巧克力。本以为，既然碰见了，又是熟人，而且还是个孩子，理应能被递到手里一块儿。

　　事实证明，自己纯属多情。她手中的巧克力，始终没有打开盒盖。失落难免，感叹不必。因为，自己父母的父母，都是农民；自己的父母当时只是普通办公人员。而被送巧克力的孩子，人家老爸可是实权领导。

原来，普通人家的孩子，不需要巧克力助考。

时光飞逝，事隔多年。多少事都已遗忘，唯独巧克力，成为如今最喜欢送给孩子的礼物之一。

那位阿姨，如今已退休，且丧夫若干年。路过她家门口，精致的白色带花边的落地窗帘，仿佛一张巨大的糖果内包装纸；而那些怒放的红玫瑰，像极融化了的巧克力。

每次路上看见，也会停步寒暄。之所以还能逢场作戏，不仅出于"见面三分情"。主要是，成人后偶尔听到的关于她的一些传闻，让我对这个女人有了更深的理解。

人财两旺

儿子小学二年级的班长，是个高个子女生，腼腆、懂事。碰巧，她和我们又住一个院儿。

"儿子和媳妇都在深圳做生意，俺和老头负责在这里照看孙子孙女。"班长的奶奶，腰板儿直、嗓门亮。

"三个上学的孩子，加上两只柯基犬，够忙的。"我很佩服老两口的体力和精力。

"心里高兴，不觉得累。"老太太笑了，牙齐且白。

"孩子妈真有福，这后勤处，杠杠的。"

"当初媳妇怀老大时，查出是个女孩儿，她要打掉。恁叔说留着，我爱吃果子。俺老家的风俗，女娃出嫁时，男方家要送来两筐炸甜果子。结果，连着吃了两次甜果子。"白牙，亮闪闪，"第三次，菩萨给了个送果子的。"

老太太真健谈。我俩第一次唠嗑，彼此印象不赖。

后来得知，老太太的儿子专门做高档手机和"小天才"手表的生意。于是，就拜托他给买了款第五代"小天才"手表，相当优惠。

"媳妇回来快半年了，说是帮我照顾孩子。我让她抓紧回深圳，守住男人去。"老太太说，"他们小区里有个男的，趁老婆过年回老家时跟女保安好上了。最后，被老婆知道，俩人离了。"

"你这婆婆真贴心，恁媳妇是个有造化的。"

"媳妇对我不赖，上千块的衣服不断买给我。"

"真懂事儿。"

"她不小气。"

"不过话又说回来，你费心费力了，她也应该孝敬。"

"前几天，我帮她晾晒衣物，有七八件九成新的棉袄，说是款式老了，不穿了，怪可惜。"老太太稍微面露惋惜后，笑容立刻爬上眼角儿，"媳妇就送了一件墨绿色的给我姑娘，一千多块呢。"

"肥水不流外人田。"

慢慢地，我们熟悉了起来。有天晚上，她带着孙子和孙女来我家玩。

孩子们玩着游戏，我俩开始唠嗑。

"当初，家里也不富裕，你叔只是个初中老师。后来，俺们承包了学校的食堂，有百十号人吃饭哩。从那开始，日子慢慢好起来。"

"芝麻开门了。"

"俺家是村里头一个买彩电的。"老太太充满自豪，"还盖了带院子的新屋，粮食吃不完，鸡鸭养满圈。"

"红红又火火。"

"有回，三叔家的媳妇晚上来家看电视剧，我给她拿了馍和鸭蛋，还端了碗稀饭。谁知，第二天一早，她男人就来拍门，说快去瞅瞅吧，俺媳妇喝药了，正在医院灌肠，不知是死是活呀。"

"咋回事儿？"

"我赶紧跑医院看她，好在药喝得不多，抢救过来了。问她为啥，说是看俺家过恁好，心里不是个味儿。"

"原来是人比人气死人。"

"亏她没死成，要不，我这辈子心里都不平坦。"老太太长叹一声，"如今，她得了糖尿病，有只眼不知为啥睁不开了，还在说以前是恁家过得好，如今还是恁家过得好……"

"她能在嫉妒里活这么多年，也不容易。"

"所以，有财你必须散些，去去旁人的怨气。这不，只要俺们回老家，必去亲戚家看看，肯定会请邻居和朋友吃一顿。"老太太一笑，表情复杂，"来吃饭的，都预先拿着袋子，吃不完的打包，不浪费。"

"心善，财势才能长久。瞅瞅你，人财两旺，菩萨保佑着呢。"

…………

客人走后，儿子打开我的衣柜，说："妈，你有五件毛呢大衣，咱也是有钱人。"

乳腺癌患者

"陈老师可是老牌大学生，年轻的时候，绝对是一枝花。"某天午饭后，同科室的张老师主动聊起了天。

她谈起的这个女人，四十出头，瘦高个儿，大眼睛，谈吐斯文。虽然没怎么接触过，但是通过她的穿衣打扮，以及寥寥数语的交流，依然可以感受到她曾经的风华。只是，蜡黄的脸色和她在某些瞬间黯然的神色，让我不由猜测：她是不是得过啥大病？

"恁好的女人，可惜碰见个渣男。"张老师愤愤然，"他就一司机，家里还穷。因为爱读书看报，所以说话有些水平，再加上人长得高大，常有人把他误认为领导。"

"以陈老师当年的条件，找他纯属扶贫。也许，他是怀才不遇，否则咋能追到老牌大学生。"

"他是有两下子，要不，咋能半道上把陈老师搁下了。"

"啥意思？"

"人家三十多岁梅开二度，和一个刚分配过来的北大的毕

业生好上了。你说他究竟使的啥招，净钓高知，还屡屡
得手？"

"他能有啥高招，还不是因为年轻、高学历女孩儿都太简
单太清纯了。"

"有了新欢，他就想点子甩陈老师，一点情分也不讲了。"

"生养过的女人咋跟小娇嫩比。他变了心，连女儿都不要
了，还能管你黄脸婆的死活？老陈在这边伤心欲绝，人家在
那边爱得死去活来。终于搞大了肚子，恶心！"

"怪不得，陈老师四十出头，不该是那种脸色。一看，就
是肝气郁结。"

"啥郁结，乳腺癌！听说男人为了逼她离，雇人夜里吓唬
她。她放把菜刀在枕头边，随时准备跳起来砍人。"

"烂人！毕竟还是你女儿的娘，好说好散算了。"

"这些贱男人，喜欢你的时候，恨不得跪下喊奶奶；心里
有了别人，就成了黑心的鬼。"

"后来呢？"

"离了。陈老师的乳房割了，然后化疗，一个人带着女儿
过。人家那边立刻领证办酒席，很快就生了个大胖小子。"

…………

说这话时，我还是单身。如今，我已经来到新的单位。
然而，在这里听到的另外一个乳腺癌患者的故事，让我更感
悲哀。也是男人有了新欢，她知道后开始大闹。

"唉，这个女人太认真了，也是不甘心。她应该立即盘算

家产，起草财产分割协议，同时捉奸，让他净身出户。没了钱和房子，看看外面的骚货还爱不爱他？都秃顶的人了，还扯什么真爱，不就是没管住自己的下半身，少给自己贴人脸了。"

"离婚大战刚刚开始，单位的体检报告出来了，她居然得了乳腺癌！"

"恁巧？真的还是假的，不会是男人做的局吧？"

"她去了三四家医院复查，结论都一样，的确是乳腺癌。"

"这下，男人还不高兴得盖着被子都笑出声来。"

"还好有娘家人宽慰，加上医生的好意疏导，她相信自己只要切除了乳房后还能继续活着。"

"没想到的是，急于摆脱她的男人却亲口告诉她，大家都在骗你，其实你的癌细胞已经转移扩散了。"

"他是个鬼吧，能有多大的仇，如此逼一个快死的人？"

"这一来，她的情绪又开始激动了，坐卧不安。最后，她自己去了医院肿瘤科，非要医生告诉实情。人家没法说，只好把小窗口关上。于是，她疯了一样，拼命扒开窗口要看记录，可怜得很……"

诉说的人，眼眶红了。倾听的人，眼前浮现出当年陈老师枯萎的神色……

"心寒了，活着和死了差不多。最后，她跳楼自杀了。"

"她有孩子吗？"

"有，一个男孩儿。虽然她说过狠话，要抱着孩子一起跳，可终究是自己的心头肉，哪儿能舍得？唉，孩子真可怜。"

　　我这个陌生人，听了这样的结局都难以抑制地难过。不知道那个孩子，随着年龄的增长，每每想起亲娘死前的愤恨和悲凉，会怎样。

三清牛肉

嘟嘟嘟，修剪灌木丛的机器声让人觉得天更热了。

带领修剪工干活儿的头儿，站在小区纳凉的人群边儿，也不讲认识不认识，只管开了口："昨个晚上，常跟我一起搭班儿来这院儿里修剪的老李突然不中了。心梗，估计连银行卡密码都没来得及说。"

"哪个老李？"

"前天还来监督种花的那个，多高多壮。"工头说，"他那腰板儿多结实！谁想到就这么突然走了。"

"常有个小毛病的，自己会小心着，不至于忽然有啥大问题。"老妈感慨，"倒是那强壮的，平时不太在意，以至于错过了治疗时机。"

"唉，谁也不知道自己明天会咋样。"工头点了支烟，说，"干脆，天天都乐呵呵。想吃啥就吃点儿啥，想喝两盅就来两盅。"

"你有福，看气色就知道。"有人夸工头。

"我有四个闺女。"工头爽声一笑,"当初为了捞儿子,东躲西藏,结果,连生四个妞。"

"优等户!比四个儿子强多了。"

"那是。"工头面露得意,"俺村儿拆迁,政府赔了我两套房子。俺和老伴儿住一套,租出去一套,没谁为房和钱跟俺置气。"

"要是四个儿,估计非把头打破。"有人笑了。

"可不是。俺村有户俩儿的人家,为了分房,闹得老头子住院。"

"生儿高兴一阵子,闹心一辈子;生女难受一会儿,轻松一辈子。"一个有俩儿的阿姨真心感叹着。

"俺的客(女婿)每次来家都给我买牛肉,我吃着味儿可好。每次,我的帝豪烟还没抽完,那边他又拿来了。"说着自己惬意的小日子,工头的圆胖脸儿更明亮了。

"哪家的牛肉?咋卖?"有人打听。

"我只管吃,从不问价,更不知从哪儿买的。"工头的幸福感爆棚。

此时,这边儿的灌木丛已收拾停当,他带着工人去了别处。他站过的地方,却一直弥散着牛肉的香气……

"他刚才说,他女婿住在××街,那附近有家卖卤牛肉的,好像叫三清牛肉。"有人推理。

回到家,我积极表态:"回头,我去给老爸老妈买些尝尝。"

"有闺女就是好。"老爸说，"我的钱都花不出去，因为俺妞既乐意跑腿儿又抢着结账。"

结果，我的钱也没花出去。因为，孩子爸爸回来了。我用平常的口气，轻描淡写地提到"邻里之间的美食闲聊"。于是，三清牛肉隔天就出现在了家里的饭桌上。

味道，是不赖。

有闺女，真是好……

手术

　　每日三餐，上下班，辅导孩子功课……看似平凡、琐碎、重复，其实都是福。因为，日子里总会有难以预测和无法阻挡的突如其来。比如，典型性冠心病，把老爸、我和我妈折磨了半年之久。

　　老爸的身体一直很好，可年轻时熬夜、久坐、抽烟、喝酒、吃肉的生活习惯所带来的结果，在60多岁时终于呈现。

　　老爸当家做主惯了。家人让他做手术的建议，总未被认真考虑，因为他自认为胸闷只是个小毛病。于是，按时吃着医生熬制的中药，并安心于"过段时间就好"的莫名自信中……

　　可惜，自行治疗了两个月后，老爸总会在夜里三四点醒来并上不来气。即使如此，单位7月份组织去北京开会的活动，他依然积极参加。理由是：我是领队，没我不行。

　　好在，去北京前两天的一个上午，老爸单位的两个年轻人陪着他去了趟医院做检查。检查结果显示：一根心脏主血管 95% 堵塞。这很危险，必须抓紧做支架手术，不能再拖延。

终于，老爸住院了。被他的病困扰了半年的老妈，虽然嘴上没说过什么，可一头白发说明了所有的担忧和心情。

接下来，就是讨论是请专家过来，还是去北京做手术的问题。

结果，出乎意料。

大雨滂沱的 2019 年 6 月 28 日下午，家和医院之间，短短半天，我往返了两趟，穿着一双湿透的鞋，浑身大汗。

第一趟去医院，老妈非要陪着。结果，娘俩刚打车来到医院，却被建议陪病号回家，拿些衣服再来，做好一切准备。原来，国内最牛的冠心病专家来到了。一向雷厉风行的老爸为自己果断拍板儿："能让高手做手术是福气。"

于是，三人一起回家。一个小时后，我陪他再次返回医院。

手术，被排在当天晚上 8 点至 10 点之间。

"签字吧。"老爸去抽血时，护士长把我招呼到办公室，说，"不论啥手术，不管谁做，都会有风险，这一点先给你说清楚。"

"明白。"我快速、认真地阅读了一下"风险协议"内容，在最后签字时，手却微微抖了一下。

下午 6：30，老爸被推进手术室。谁知有个急症患者插队。

四十分钟后，从一个小窗口里传出专家的喊话声："病人才 50 岁，但必须搭桥两处，而且只能保 10 年没事，至于以后，只能再说。手术到底做不做，请家属抓紧考虑。"瞬间，一个挤在窗口旁的穿大红色上衣的中年女人哇的一声痛哭起来。

此情此景，让我的心也跟着一揪。

晚上 9：00，轮到老爸了。

"2 号的家属来了吗?"老爸被推进去 20 分钟后，一个年轻的男医生出来问。

我心里猛一紧张，不会是他的血管堵塞情况很复杂吧……

"过来一下。"男医生未被口罩遮蔽的双眼有一丝笑意。

我刚跟着跨进手术室的外间小门，他转身轻问："会诊费拿了吗?"

"有。"我慌忙拉开手提包，虔诚地递上。同时，心里满是愧疚：人家可是北京来的专家，会诊费才 2000 块。

时间，一分一秒过去。表姐、表妹、外甥、外甥女陪我一起等着……

晚上 9：30，专家纯正的女中音响起："2 号的家属，过来给你说说情况。"

我快速小跑到窗口前。结合墙壁上投影中老爸的片子，她用简洁且专业的语言告诉我，只需要安装一个支架，而且地点是主血管的中央部位，因为没有别的血管经过，所以手术不复杂。

"签字，按指印吧。小手术，放心。"说完，她转身戴上了橡胶手套。

看着她进手术室的背影，也不管人家听见听不见，我大声、虔诚地说："辛苦了，拜托了。"

那一瞬间，我觉得主刀医生真了不起。

晚上10：20，老爸被推出来了，一切顺利。

往家打电话，老妈几乎是在铃声响起的瞬间就接听了。看来，老夫妻彼此间很关爱，虽然互相消磨了这许多年。

手术成功，病人稳定，亲人们都陆续回家休息了。我和主动要求留下的外甥女一起陪护。

为了及时排出造影剂，病人需要不停喝水。同时，家属还要通过显示屏观察患者的心脏跳动情况。

可以想象，这个夜晚，很难平静……

夜里3：40左右，当屏幕上的相关数字全部正常，且老爸的鼾声如雷般响起的时候，我心里猛一放松，瞬间啥也不知道了……

第二天，拖地的清洁女工喊醒了我。

原来，昨夜，我蜷缩在地下的一角，半躺半盖着医院的一条薄被，酣然入眠。

四毛钱

"你是小莉吗?"课间,一个大眼、三十多岁的瘦高男人走过来,问。

"我是。"

"一个多月前的观摩课上,你的同桌是谁,还记得吗?"

"左边是张涛,右边是邓波。"

"那天,你丢东西没有?"

"没有。"

"再仔细想一想,少啥没有?"

"对了,早上我妈给的让买早饭的四毛钱,我明明塞进课桌中自己的衣服兜里了,散场后想买个粽子吃,可钱却找不到了。"

"你放邓波的衣兜里了。今天,我特意来还给你。"说着,他就搁我手里四张一毛的纸币。

四毛钱,在20世纪90年代,对一个孩子来说,可是一笔相当可观的财富,何况还是失而复得。这份欢喜,难以言表。

邓波，男，细长眼，狐狸脸，瘦，白，成绩一般。

模糊记得，有次下午放学时，班主任让关上教室后门，让同学们一个接一个从前门走过，书包和衣兜都需要接受检查。第二天，隐隐听说，昨天的排查，是因为班长收齐后放在书包里的班费在课间被拿了，为了查明情况，老师不得已而为之。后来，听说"班费事件"和邓波有关联。再后来，邓波开始缺课……

当那个瘦高男人的身影即将消失在圆拱形门后时，忽然，已经很少来上课的邓波，不知从哪里闪了出来。父子一前一后，步行着离开了。

早就听说他家是上海户口，绝不会在这小地方久留的。

这最后一次见，虽没有当面告别，但我总觉得，和邓波之间，永远存在着美好的东西。

…………

昨天中午，接儿子放学回来的路上，见一个五年级的男孩子口鼻流血，满身尘土，坐在地上。旁边，站着一男一女。

"欠人家多少钱？"女人，情绪有些失控。

"三十六块。"孩子鼻涕一把泪一把。

"不给你钱，你借钱，竟然还偷我的钱去还，真出息了！"男人咆哮着，"再这样，非揍死你！"

路过的家长和孩子有的停留下来，围观。

"散了，都散了，各回各家。"我在人群后多嘴，"天冷地凉，让孩子起来。认错了就中了。赶紧回家，下午还要上课。"

不是我显摆自己多有善心。主要是从人缝里看到那孩子悲伤、羞愧、尴尬的脸，我瞬间记起了邓波……更何况，儿子不久前，也干过几次不打招呼就拿走姥姥的钱去买"摔卡"的混账事儿。最后，终因金额过多而被发现。当时，我也是强压怒火，进行了理智的教育。

"人活一张脸，树活一张皮。"不光大人，孩子也要脸面。

很多时候，指出错误的方式其实比指出错误本身更重要。理儿都懂，可做起来，没怎容易。尤其是，当自己寄予无限希望的心肝宝贝犯了"道德品质"上的错误时，多有修养的人也会瞬间失控。

在我成长的路上，也拿过我爸的钱。

那是一枚五毛的金黄色硬币。就为了下课后能买个小零嘴，我于一天中午翻了他挂在衣架上的一件外套的兜子，收获还不小。当时，心里一阵窃喜，自以为神不知鬼不觉。

谁知，吃午饭时，我爸一边夹菜，一边突然问："我兜里的五毛钱不见了，谁看见没?"

我吓得手一抖，心一紧，没吭声。

接着，他又问了第二遍。

眼看逃不过。我心一横，豁了出去，说："是我拿的。"

本以为会挨顿揍，或者挨顿骂，没想到他居然云淡风轻地说："承认了就中，还挺勇敢，下不为例。这五毛钱给你了，作为对诚实的奖励。"

那五毛钱买了啥零嘴，我不记得了。但当时从被问到被奖励这一过程中心脏的狂跳声，至今记忆犹新。

老爸的理智教育让我从那以后再也没动过"顺便拿谁的钱花花"的心思。

如今，我为人母。在教育孩子上，也是摸石头过河。作为俗人，我的暴脾气也是发作了一次又一次。当然，自责也是真诚地进行了一回又一回。

总之一句话：和孩子一起成长，需要耐心、静气。

剃头记

来南方过年前两天，特意带儿子理了发。

谁知，小崽生命力旺盛，毛发长得也快。加上假期时间"撒欢儿式"的生活，各项健康指标迅猛达标。这不，转眼又该理发了。

"我请客，给宝理发吧。"他姨提议，"有个地方剪得不赖，50元一次。"

"恁贵！在咱老家，成年男人连剪带染也就30。"我说，"心意领了，不能这样浪费，找找便宜的。"

"是有点儿贵。"姥爷听说后发言，"孩子理个发，20还不中？"

结果，从初六开始，一直到二月二十八，愣是没碰着合适的地方。根据店面位置、装潢档次以及理发师风度，价格分为50、35、25、20不等……

"不中。"姥姥态度坚决，"顶多15，咱又不要求啥发型，推个平头而已。"

"气温恁高，孩子像戴个帽子，干脆去 20 元那家吧。"姥爷建议，"你们心目中的价格，都是胡同和小巷子里的理发店。咱对这里不熟，差不多行了。"

"再找找看。"我说，"20 元能买只老母鸡了。4 年了，孩子理发一直是 10 块。难谄这里孩子的头发比咱金贵？再找，多一分也不剪。"

…………

"好消息！"一天，出门买菜回来的姥爷高声宣布，"永辉超市一楼，有个简易理发店，小男孩儿理发，10 块。"

全家人脸上都露出了欣喜之色。

当天下午，理发归来，路过点心店。"妈，能给我买个'凯撒大帝'吗?"刚理过发的小家伙笑眯眯地建议。

我略微迟疑。

"为了省钱，宝宝可是最辛苦的一个……"

"好吧，去拿。另外，再来杯柠檬茶。"

同桌

中午，接到一个电话。

原来是小学时的老同桌请吃饭。说实在，想起他，我心里是有愧疚的。因为，坐在一起的时候，我对他非常刻薄。所以，回到家乡后第一次做东的饭局里，我邀请了他。

30 年没见了，他一进屋，我立刻拥抱了他。他面露羞涩，但很开心。

当年，他又瘦又黑，不爱说话，更不爱学习。于是，我恼怒于自己居然有这样的同桌。对他，我只有冷漠和嫌弃。两年的时间里，我俩说的话，不超过 10 句。

后来才知道，他妈妈是我们学校的老师。于是，我恍然大悟：是班主任特意安排的，想让"好学生"帮帮他。谁想，大人们的美好愿望却是他小学时代的噩梦。

几十年的时光倏忽而过。随着我逐渐懂事，这个被我欺负许久却依然沉默的男生，突然让我明白了什么是善良和宽容。

今晚，小学好友 8 人，围坐一桌，重叙往事。

我才知道，他爷爷是老革命，他老爸是领导，他在我们上大学时颇有眼光地买了 6 片地，其中 3 处，已拆迁赔偿。

"我不爱学习，是个混混。"他的笑容，依然谦逊，就像当年我训斥他笨时一样，"所以，很早就不想上学了。可我妈不答应，于是，我硬着头皮继续上了……"

原来，他挺会说，心眼儿也不少。

男生的成绩，不总是和他的分数成正比。

面对你的高声大嗓，能保持沉默的人，绝不是因为胆怯。

这是老同桌给我上的深刻的两课。

童伴

据我妈说，我第一次吃变蛋，是在邻居家。

当时，我上幼儿园。因为还是单位分房子的年代，等待中的娘俩，暂时住在我妈办公室旁边的两间空房里。

邻居姓高，男的是警察，女的是医生。两口子都忙，于是奶奶就过来帮着带孙子。这家的孙子，和我同岁。

一来二去熟了，我妈偶尔有事儿，都会拜托老太太临时照顾我。

据说，我在她家里头回见到并吃到变蛋，一口气消灭三个，人家一共买了六个。至于高家买了油条、包饺子的时刻，我都是直接蹭过去，大吃大喝，从不客气。我吃喝起来从不作假，以至于高家男主人由衷感叹：这妞的饭量真是可以……

后来，上了小学，两个小伙伴都是手拉手来回，头碰头写作业。然而，我们的友谊在小学三年级时中断。因为我妈终于分到了房子，我们搬走了。

时光飞逝，转眼初中。

一个闷热的夏天午后，四点多钟，家里的座机响起。

"喂，哪位？"

"是我，你高叔。想问问，高飞去找你一起复习功课没？"

我一下愣住了，说不出来的感觉。

"我俩好久都没见过了。"

小学四五年级的孩子，已开始朦胧地知道感情的事情了。所以，为避嫌，我俩心照不宣，早就保持了距离。

我妈下班回来，我提起了这个电话："真奇怪，不会有啥事儿吧？"

很快，就有了答案。

"今天是第三天了，孩子终于找到，在公园的湖里。"

"到底咋回事儿？"

"秀芹周末去外地开会，老高没做午饭，给了孩子六块钱。结果，高飞找了两个小伙伴，仨人一起去了公园。谁知傍晚下了雨，孩子们在湖里划船出事了。"

"到底是自己落水，还是有别的情况？"

"老高是警察，不会搞错。是孩子自己落水。"

"仨都没了？"

"有一个没参与划船，回家了。找到的时候，孩子的身子泡得又胖又大，衣裳都撑开了。"

听着爸妈的对话，我一直都希望这是个梦……

我们这里的公园，20分钟就能逛完。记忆中，有一只孔雀，一头黑熊，一座假山，几只猴子，一个小湖。虽然不大，却是孩子们的乐园。通常只有考了好成绩，才能去一次。

那个小湖，此岸和彼岸只相距 200 米，上面稀稀落落停着几只"天鹅船"，水面上到处是黑乎乎的水草。没想到，却成为我童年伙伴的告别之地。

．．．．．．．．．．．

"走，去看看奶奶。"一天下午，我妈带着我，来到高飞家。

一进屋，烟雾缭绕，呛人。客厅里，到处是穿着朴素的乡下人，他们或蹲或站，窃窃私语，喷云吐雾。其中，也能看到一两个面皮白净、衣着光鲜的城里人。

我被我妈拉着进了里屋。一进屋，就瞅见了奶奶血红的眼睛和满脸的哀戚。

见到我，老太太一把搂住我，泣不成声。

"大娘，别太伤心。"我妈劝慰着，她自己的眼圈儿也红了。

看着悲痛欲绝的老人家，我暗暗埋怨我妈：人家去了孙子，你不该带我来。虽是好意，但别忘了，睹物尚且思人，一起玩耍的孩子，活着的来到眼前，走了的阴阳两隔，看到我，不让人家更加伤心吗？

．．．．．．．．．．．

上大学放假回来时，偶尔会在路上遇见曾经的邻居。除非必须打招呼，能回避时我就绕道了。因为不想让他们再次伤感，虽然已过去这么多年。

　　如今，我彻底回来了。马路上、公车旁、超市里，不经意间就遇到了。高叔和芹姨看我时的眼神总和别人不太一样。尤其是有一回在小区里，高叔骑自行车路过，我和孩子买菜回来，刚巧碰上。他的表情，瞬间暴露了这许多年的心情。

　　听说，他们后来有个女儿。

　　发小告诉我，那个孩子，是亲生的。

我爱我的祖国

中华人民共和国成立70年了。这70年，祖国的变化可谓日新月异。

我的爸妈，一直以自己"生在新中国，长在红旗下"而备感幸福。"没有共产党和新中国，就没有咱今天的好日子。"他们一直这样教导我。对此，我心悦诚服，家里三代女性的不同生存状态就是最好的明证。

我的姥姥，是中国最后一代裹小脚的女人。没有文化，没有经济来源，她只能在家生儿育女、伺候丈夫，而且，还要下地。一年到头，不得休息。即使如此，还要忍受家里无处不在的"男权主义"。性格倔强如她，也只能选择接受。而娘家，也秉承"嫁出去的姑娘泼出去的水"，很难再有越格的照应。

有一年，庄稼收成不好。她回娘家织布，到了午饭时刻，她默默走出去，来到地头，寻找并撸些被遗留下的已经发黑的瘪麦仁儿充饥。约莫着饭时过了，才又走回去，接着织布。

她这么做，是不愿看弟媳的白眼，更不想让爹娘为难……

"吃自己的饭，住自己的房，才行。"姥姥的故事，成为我妈努力读书的动力。

姥姥生的孩子，一共活下来三个。家里条件有限，不能供应每个孩子一直读书，但姥姥又坚持要给女娃机会。于是，家里立下规矩：谁留级，谁就退学。结果，只有我妈一直读到初中。

"我能上学、能有工作、能领一份工资，都是沾了新中国的福。"我妈一直感恩共产党给了她为自己而努力的平等机会。

我，耳濡目染，不敢懈怠。

如今，我不仅领自己的工资吃自己的饭，无论精神还是经济，在家里都和男主人平分秋色，甚至有时还掌握主动权。

这些，都是姥姥那个年代的大部分女人做梦都不敢想的。姥姥羡慕我们不用裹小脚、不用受气、不用怕因为吃一口饭而给至亲添麻烦。她用朴实的语言、断然的决心，告诫我们要珍惜好时代，要为自己争气。

还好，我们总算没有辜负她的厚望。

姥姥如果能生在新时代，如果能接受教育，一定比我强得多。因为她给我说过的话、讲过的道理，经过事实的印证，是多么简洁、睿智、深刻。是新中国让我们贫农的家庭有了地，有了房，有了培养子女的能力。否则，我妈走不出穷困的山村；我也不可能成为知识分子，享受幸福的时光。

千言万语一句话：感谢毛主席，感谢共产党，感谢新中国。

乡村爱情故事

　　"后头你二爷，年轻的时候闹出过新闻。"缝被子的老妈主动和在一旁帮忙穿针的我唠起了家常，"当时，村头破庙里住进一户安徽人，老两口和一个闺女。听老辈儿人说，这家子是逃荒过来的，无依无靠。"

　　"二爷喜欢上人家了，然后缔结了良缘。"心思简单的我，快速给出美满的结局。

　　"他那时候已经有老婆孩子了。"

　　"那，二爷就把这份感情藏心里了……"

　　老妈的眼睛从镜框下探出，充满担忧地看了我一眼。

　　我明白，肯定是我又把问题简单化了，她为我的傻气而深深忧虑。

　　"二爷咋办的？"

　　"他突然开始爱劳动了。"

　　"啥意思？庄稼人平日里最主要的事儿不就是劳动吗？"

　　"你二爷不一样，他有文化，还会打算盘，长得白净帅气，不像个农村人。平时家里也不咋让他干活儿，细皮嫩肉的，金贵。"

"那为啥爱上劳动了？"

"村头明明有口井，平时大家都在那里打水。为了能见到那姑娘，你二爷特意绕远道去庙里挑水，因为那里也有口井。你猜他勤快到啥程度？不仅自家盛满，就连村里孤寡老太太的缸，也跟着沾光。"老妈笑了，"听说，水满得往外直流，他还挑着哩。"

"他的心思，那姑娘知道不？"

"咋能不懂？俩人，一个肩膀磨泡不觉得蜇，一个坐庙门口纳鞋底儿，针扎了手也不嫌疼。"

"甜蜜的劳动里搅拌着眉来眼去，有意思。"

"日子久了，闺女的爹娘发觉苗头不对，心里不乐意。可外来讨饭的，哪儿敢得罪本地人？于是，老两口夜里就睡在庙门口，让姑娘在里边儿躺，防着别出了丑事。"

"二爷的爹娘呢，就不管管？"

"就这一个儿，从小娇到大，管不住，老两口愣是没辙。你二爷为了躲爹娘的劝告和打骂，甚至都藏进了为老人预备的棺材里……"

"这是遇到命中的坎儿了。"

"他自己不死心，别人咋着也不中。"老妈长叹一声，"听说有次夜里下大雨，他终于钻到空子去庙里看心上人。结果，俩人隔着窗户，手拉着手，你二爷愣是在雨里站了一夜。"

"原来还是个情种。看来人家俩真是好，倒也难得……"

"那又怎样？你二爷有家有口，总不能抛妻弃子。"

"俩人私奔算了。"

"他俩就是私奔了！"

"原来是两个真情种，实在是难得。"

"这个事儿，是你奶奶和大姑讲给我的，她们说的比我描述的热闹。"

"那个女的长得可美吧？"

"就知道她留着一条黑亮的头发辫儿，谁也没看清过。听说皮肤不白，是个黑里俏。"

"他俩生孩子没有？"

"要像你说的这样就好了。"

"咋，不顺？"

"日子长了，你二爷想爹娘，就偷偷回来看。"

"没出啥事儿吧？"

"他回来就回来呗，也不知道咋想的，还带了个 7 岁多的小男孩儿，是他打工的主家的儿子。结果，街上有人跟孩子拉呱，知道了他俩的藏身地。"

"后来呢？"

"那女的是有婆家的，只是还没有过门儿。听说她未婚夫亲自跟过去抓的，当场把她打得半死……"

"谁告的密？缺德！"

"肯定是有心人，要不谁管这事儿干啥。"

"后来呢？"

"未婚夫出够气，退婚了。她全家也搬走去了别处。听说，她到底还是嫁人了。"

"二爷呢？"

"被关进村里的临时拘管所悔过，一直从冬到夏，都在里头蹲着。"

"家里人咋不想想办法让他早点儿出来？"

"说了，只要认罪，立刻放人。可他始终不肯低头。"

"也是，感情的事本来就没对错，咋认罪？"

"他不仅自己煎熬，把爹娘也气得大病一场，老婆整天以泪洗面。孩子去所里看他，抱着腿不肯丢手，他自己也痛苦不堪。"

"都是可怜人。"

"听说夏天到了，你二奶奶托人给他送去单衣，他说啥也不脱棉袄、棉裤。讲了，这是那个女的给我做的，我可能再也见不着她人了。这衣裳我一脱，恁肯定会烧了，我就连个念想都没了。"

"……"

"其实，你二奶奶人也不赖，白白的，挺贤惠，还给他生了几个孩子，可你二爷愣是一辈子也没看上她。"

我的女朋友

热剧《我的前半生》最后，坚强、美丽、独立的罗子君迎来了圆满的结局。然而，现实生活中，我的一位离异女朋友，以另一种姿态演绎着属于她的情感路。

小雨和她老公是同届硕士。虽然不是同一个专业，但由于男女生住在同一幢楼上，所以经常碰面，也就顺理成章地谈起了恋爱。

由于她比较开放，所以，光我知道的，她就流产过两次。

"别拿自己的身体不当回事，他如果真心，就结婚。你这样算个啥？"我劝她，"为了省钱就在小诊所流产，难道就没想过，万一江湖医生手臭，你伤了身怎么办？"

小雨低着头，坐在我宿舍下铺同学的床边儿默默无语。大热的天儿，她刚做了人流，想吃个番茄炒鸡蛋。结果，过了饭点儿，没地方买。她既恼自己，同时又觉得委屈，泪流不止。

最终，毕业后，她和男友结婚了。相识的朋友纷纷送上祝福。不管咋，总算是修成了正果，没有彼此辜负。

转眼，十来个年头过去了。一次同学聚会上，大家说起了彼此的近况。

"听说没，小雨离婚了。"

"为啥？"

"一直都不生孩子。还有，她男人家里有个傻弟弟，一直都没让她知道。这边儿都办婚宴了，那边儿才告诉。她一时骑虎难下，碍于情面，婚是结了，但两口子没少为此吵闹。结果，越吵越淡，慢慢地，心就散了。"

"谁先提的离婚？"

"彼此都没好气儿，一件小事都能撕破脸。后来，她觉得实在没法继续，就开始考虑离婚。听说她分到一套装修好的房子和一辆车，加起来值个百十万。"

"其实可以考虑试管婴儿，没必要非离婚。他俩的感情基础还是不错的。"

"离婚一个月后，她说不清为啥，找到前夫门上，想看看他过得咋样。你猜咋着？"

"和好复婚了？"

"人家门上贴了大红的'囍'字！"

"这么快？敢情是看她不会生，人家早就找好了下家，然后故意找碴儿气她，让她提出离婚。"

"变了心的男人，啥招儿使不出？听说两人还没离时，有回她发现整盒的避孕套少了一个，就责问他。结果，他解释说借给一个哥们儿了。她冷笑，是啥交情的哥们儿，避孕套都能互相借？"

"估计那会儿他就找好了，就剩跟她演戏了。"

"看到红'囍'字，她当时就蒙了，一直坐在门口等新婚夫妇回来。"

"傻！当面闹翻，她还能占多大便宜？背后收拾他才对。"

"她那脾气，进屋后就砸东西。结果，前夫和她动手了……"

曾经，这个男人大冬天跑老远去买她爱吃的葱油饼和豆浆；曾经，这个男人也因为她的不孕而焦急、悔恨过。可这一切，都时过境迁了。

人，毕竟要面对现实。

"不孝有三，无后为大。"

"一只不下蛋的母鸡，即使你能吐金子，也未必能留住男人的心，更何况对你的新鲜劲儿早就过了。"

…………

"小雨离婚后又找了没？按说她的条件也不错。"

"男朋友是有，但没有想跟她谈婚论嫁的。这不，但凡有她参加的女同学聚会，两样东西不能带：一是老公，二是孩子。说了，她看着碍眼。"

听到这话，我的鼻子猛一酸。

…………

两年后，我做了妈。生孩子的事，我没通知她。不为别的，是怕触动她的伤心事。谁知，她不请自来，还给了个 500 元的红包。当时，我们四目相对，没说啥。

真心希望，能有给她再送喜钱的机会。

雪糕

下午 3 点，我上网课。

于是，小男生和同院儿的开心姐姐约好楼下见，一起步行去上学。这是第一次家里没人送他。

3 点整，我在网上说着"上课"，眼前却浮现出他胖乎乎的小背影，甩着小胳膊，匆匆奔向校园。

开心，是我发小的女儿。小姑娘比我儿子大 10 个月，个头却猛得多。主要是基因好，人家爸爸身高 1.88 米，帅得明星一样。

我和开心妈从小学就在一个院子里长大，一个班，一起上学、放学。如今，兜兜转转几十年，又住在了一个小区。

当年，夏天的下午，上学的路上固定有个卖冰棍儿的。开心妈买 1 毛钱一支的雪糕（牛奶做成），我买 5 分钱一支的冰糕（白开水加糖做成）。

当时，她比我有钱；如今，还是她钱多。

那时，我一个月有 1 块零花钱，还是通过帮家里洗碗、倒垃圾挣的。即使精打细算，也不够一天一支冰糕。何况，夏天的下午有时有体育课，水壶里的水喝光后，总想买一分钱一杯的冰水，解解渴……

于是，在我不能买冰糕的上学路上，开心妈总会让我咬一口她的雪糕。牛奶做的果然比冰糕好吃！要知道，价钱可是贵了一倍呢。

"咬一口"的甜蜜，成为我小学时代最深刻的记忆之一。

如今，孩子们都吃几块钱一支的高级冷品了。老冰棍儿，难得再见到。

野猫

天气预报真准，下雪了。

雪一下，冬天的味儿就足了。于是，接送孩子以及采买的任务，都是我的了。因为路滑，老爸、老妈都不宜再出门。

一直在追剧的老爸见我准备出门扔垃圾，就婉转地说："突然想吃花生米了，估计没人去买吧？"

我抬头看表，20：45，超市还没关门，就问："半斤够不够？"

"够了。"老爸春风满面，"还是养闺女好。要是儿媳妇，肯定不会搭理我。"

"不仅不搭理你，还会嫌你嘴馋！"老妈补充说。

老两口笑成一片。

10 分钟后，我采买归来。快到楼梯口时，我的脚步声惊起自行车旁边的一个小黑影，"嗖"的一声，它跑了。

是那只猫吗？我紧赶着走几步，又停下了。自己也不清楚到底是想追上，还是不想追上。别惦记了，它再也不会来了。黑暗中，我劝慰自己。

2017年11月中旬的某天，中雨。下班回来的我，看到楼门口有只全身淋湿了的野猫。本想走开算了，可最终，我拿了个纸箱过来，帮它遮雨。谁知，次日天晴后，它在窗下来回徘徊，还"喵喵"叫个不停。实在不忍心冷淡它，于是出屋，端来食物和水。它立刻跑近，卧在我脚边，非常亲昵。

"猫来，福到。"一个遛狗的大爷送上吉言。

"别碰，它身上有跳蚤！"邻居阿姨好意提醒。

其实，我不会收养它。因为，我不喜欢养宠物。之所以对它有善良举动，完全是源于对另一只野猫的愧疚之情。

那是5年前，儿子还小，夜里需要喂奶一次，我都是凌晨3点准时醒来。谁知有次随手开灯后，窗下立刻传来尖厉的撕咬声，吓了我一跳。侧耳仔细听，像是一只猫在和什么动物打斗。

不好！我瞬间想起白天老妈曾告诉过我，一只怀孕的野猫近日出现在我家窗下几回，不知是找食物还是找窝。看它肚子的状态，生产就在眼前……

我立刻闭灯，免得光亮让这场搏斗继续进行。

会不会是黄鼠狼闻到了新出生的小猫的味道，趁猫妈身体虚弱，发起了进攻？我惴惴不安。

大约3分钟后，猫妈的哀号声在暗夜里响起。那声音，像极了人的哭泣：时而呜咽，时而嘶哑地倒着气，悲伤得让人恐惧。

"怪我，都怪我。"坐在黑暗里，一直等到它不再出声，我才稍稍平静。

第二天一早，走到窗下去看：地上有血迹，猫妈没了踪影。

············

这件事，一直搁在我心里，对谁也没说过。那份愧疚，直接引发了 5 年后我对雨中另一只野猫的柔情。可惜，有些事情，总是事与愿违。

2017 年 12 月下旬，某晚，突然降温，大风起。

出去扔垃圾。结果，刚开门，一只卧在门后的猫立刻起身，跑到我脚边儿，想进屋。我一眼认出，它就是上个月我在雨中见到的那只猫。

"猫咪！"儿子惊呼。

"拿些吃的放在门口，它吃饱了自然会离开。姥姥、姥爷是不会让养的，怕麻烦。"我说。

"不行，越喂它越不会走。"孩子爸斩钉截铁，"'野猫进门，家要死人。'谁让你们招惹它？"

我和儿子，都愣住了。

扔垃圾回来的路上，那只猫一直紧紧跟在我们娘俩这一侧，它明显感觉到孩子爸爸不太友好。

儿子一言不发，却紧紧握住了我的手。

"给它个馍吧，扔远些，它肯定是饿坏了。平时，它很少到家门口的，估计今天变天了，外面冷。"我建议。

"不行。你们进屋去。"说完，孩子爸开始撵猫。

我们娘俩快步走掉，没忍心再回头看。

"我爸太残忍了。"儿子的声音有些哽咽。

"别怪他，他也是为了咱家人好。"

"他说的都是迷信!"

"别这么说你爸。"

…………

那个夜晚之后，那只猫再见到我，都是远远地观望，再没往身边来过。

原来，用一段感情去弥补另一段感情，结果，往往是更大的遗憾。更何况，任何一段关系，不仅开始需要勇气，结束，更不容易。

曾经，也看到过孩子爸特意拿香肠去喂在垃圾桶里寻食的野猫，还被他的这份善良感动。

原来，人性只有在真正触及自己利益时才会现出真面目。

从此，无论对猫，还是别的，我再也不会轻易接近。因为，说到底，我不过也是个"伪善者"。

"爱"的教训

　　网上的期末考试题，今天终于想妥当了。明天下午，是"新型冠状病毒"爆发后这学期的最后一节网课。我，有些失眠……

　　此刻，儿子正打着小呼噜。枕边，放着他这两天正在看的一本童话书：《拇指姑娘》。拿过来随便翻翻，本以为可以帮助自己快速入睡。谁想，"在情感的道路上绝不妥协，直到遇见合适的人并获得幸福的拇指姑娘"却让我记起一个听来的故事。

　　"真没想到，他看上去朴实本分，心里却糊涂至此。"

　　"年轻呗，经的事儿少。只是，他这次的学费太贵了点儿。"

　　"身边有个好了八九年的女朋友，俩人又是同学，知根知底，多好，不是谁都会有这份福气的。"

　　"得到得太容易，往往会误以为是自己有魅力。等他成熟了就会明白，已经拥有的才更应该珍惜。年轻人太单纯，很多时候并没有意识到，自己拥有的可能是别人苦苦追求也得不到的。"

"单位一个新来的女打字员，年轻漂亮，可惜是个临时工。不过说笑了几次，结果他就被迷住了。"

"大家都觉得，他顶多是春心一荡。何去何从，应该拎得清。没想到，竟然和女朋友分了手。"

"遭此变故，她大病了一场。"

"从长远看，她这其实是福，分了就分了。姑娘人好，又有稳定工作，想嫁人，分分钟的事儿。"

"可不，转眼就被抢走了。还有让人想不到的呢，半年不到，前男友又回头求复合。"

"咋回事儿？"

"美人儿把他给甩了。人家又热乎上有家庭背景的了，说是可以帮她转正。"

"那，他和前女友破镜重圆了吗？"

"哪有这美事儿。你想分就分，你要合就合？"

…………

福，要认真惜；人，千万别作。

游泳

"凡是我的学生，必须会游泳。否则，不给毕业。"第一次师生见面，老严认真宣布。

来自北方的旱鸭子阿丁，耳朵是听到了，却没往心里搁。毕竟，这项技能和专业学习无关。也许，让人尊敬的师长不过是顺嘴这么一说……

转眼，三年过去，毕业论文即将开题。

"会游泳的，可以约时间和我谈谈题目和框架。"老严又一次声明。

不会吧，来真的？阿丁愣住了。

"你还不知道？老严所有的学生都必须会游泳！"好心的师兄揭秘往事，"老严是乡下孩子，考上了一线城市的好大学。虽然他在村子里万众瞩目，但是来到大城市，就是刘姥姥进大观园。那种感觉，你懂的。"

"这和游泳有什么关系？"

"班上有个女同学，上海人，姿容属于班花级别，活泼热情，听说还是国家游泳队候补队员。"

"两个人之间发生了故事？"

"暗恋罢了。老严明白，除了友谊，自己和这种档次的女孩子不可能有后续。"

"这样也好，免得受伤。"

"幸运的是，女生看出了他的心思。人家很大方，主动邀请他一起游泳。"

"明白了。"

"唉，画面美得让人目眩。但心里，却是滋味百般……"

"后来呢？"

"毕业了。老严因为专业能力突出，留校了。两个人的姻缘和未来仿佛就在眼前。可是，有回，年轻的老严看准一支股票，为了迅速积累买房的钱，他咬咬牙，把毕业不久挣到的所有积蓄都投进去了。没想到女生却突然觉得他不是个踏实过日子的人。从此，就慢慢疏远了。"

"真遗憾。"

"初恋的成功率本来就不高。特别是踏入社会后，女孩子也不再单纯了，加上两人又有了矛盾。"

"所有的故事情节大概都是如此。"

"于是，老严接受现实，开始了漫漫相亲路。"

"很难再有入眼的吧？"

"这还用说？你想啊，那么漂亮的女生，笑靥如花。对一个青春少男来说，是一种怎样的心情……况且，大学校园里的清纯感情在世俗世界里很难再寻觅到了。"

　　"曾经沧海难为水，除却巫山不是云。"

　　"一直相亲到将近四十岁，老严最终找了个相貌普通、家境一般的上海姑娘结婚了。过日子呗，要的是稳妥、牢靠。"

　　"明白了。看来，我这旱鸭子别无选择了。"

　　"可以推荐个地方给你。"

　　…………

　　阿丁学会游泳的那年夏天，腰身明显苗条了许多。

玉米秸门

2009 年立春后，天气反复，热了冷，冷了又热。我的一件小薄棉袄跟着收起拿出四次。

"别急着洗，直到五一，天才能彻底变暖，留一件儿备着，用得上。"老妈建议，"倒春寒可是冻断筋。"

的确，不管啥情况，多留一手，有必要。

"我近门儿的二奶奶，40 岁上死了男人，独自拉扯大五个孩子，仨儿俩闺女，不容易。"老妈叹息一声，"老太太活了85 岁，可惜晚景凄凉。"

"肯定是孩子们比着装孬，没比着孝顺。"

"她也是糊涂，把老宅全给了小儿子，得罪了大儿子和二儿子。"

"既然这样，那得了好处的总不该没良心。"

"小儿子本来准备在老宅盖屋娶妻，谁想测量时师傅算错了。结果，旧屋子扒了，新屋子刚搭了个架子就搁住了。最后，他嫌不吉利，就另找了地方重盖。"

"那老娘咋办，跟着谁？"

"没盖起来的东小屋，原本是留给她住的，既然小儿子有了新去处，她就独自回老地方住了。结果，小儿子既不挽留，也不过去帮她把屋子收拾齐整。唉，砖头草草垒起来的墙，连泥草灰都没糊，四下里漏风。她就靠小屋的北边儿铺了张床，独自过活……"

"咋忍心？万一有坏人，一个老太太，多危险！"

"有回，我和你姥姥去看她，才知道小屋连个门都没有。见她冻得可怜，俺娘俩就用玉米秸编了个门。谁知道她的门框太高，编的门差了一截子。你姥姥要重编一个，可她说啥也不让，就拿了块布遮住。"

"那……她闺女呢？见娘这样，不心疼？"

"俩女婿都善良，每次媳妇回娘家，都让额外拿些点心和糖果。可惜她们自己不挣钱，又不当家，解决不了根本问题。"

"看来，只要自己还活着，就不能把宅子和票子都掏出来。"我说，"今年大年初四，冰天雪地的，我和老爸去银行办事儿，在大厅里遇见一个坐轮椅的老头，据说是个老革命，93 岁了，还亲自去取钱。"

"不能让儿女跑一趟？"

"儿子陪着呢，还和我爸打招呼。结果等的时间有点儿长，老人家尿了一裤裆。银行经理亲自扶着去卫生间换的裤子。他儿子一路嘟囔：'让你穿着尿不湿，你偏不听！'"

"93了，还攥着密码不放。"换了新裤子返回银行大厅的老革命自嘲，"要是有一个懂事的，我也不这样折腾自己。有啥法子？都是亲生的。要是敌人，老子早崩了他们！"

"你爸没说这老头儿是谁？"

"回来的路上讲了。老伴儿走得早，他独自养活仨孩儿，还都培养成了有头有脸的人物。结果，兄弟姐妹为了老爷子的钱撕破了脸皮。"

"所以，一定要教育孩子知道感恩。否则，爹娘的苦头在后头。"

"照这样说，你二奶奶老来如此凄凉，也是她当初教子不当。"

"那也要看孩儿是个啥本性。我这个二奶奶人不赖，就是命苦，男人死得早，也没摊上个好儿子。"

"她也不该偏心小儿子，结果搞得自己老来无所归。"

"谁也没前后眼，哪儿想到亲生的都恁没良心！"

"……"

"当年，我上班发了第一个月工资，你姥姥非让我给二奶奶买顶黑绒线帽，3毛2分钱一个呐。"

"恁便宜！"低头吃米饭的我，抬头插话。

"当时一个月的工资才30块，一分钱能买好几个鸡蛋。"老妈解释说，"二奶奶拿着帽子大哭一场。她说，自己最想要的，居然是一个近门儿的孙女给买的……"

"俺姥为啥让你买给她，钱花自己身上不中？"

　　"当初，你姥嫁过来时只有一双鞋。穿烂了，想做新的。结果，到处寻不到破布做鞋底儿用。是这个二奶奶，撕了她自己的一件旧衣给了你姥。"

　　"是个好心人。要说，她活到85，也算高寿了。"

　　"后来，她死在了村头的河沟里，身子漂在水面上，脸朝下。"老妈说，"一个近门儿的哥发现的，起初，他以为是淹死了一头猪。"

　　"咋回事儿？"

　　"人老了，头发都是灰白，猪鬃毛也是那个色儿。她绾了个髻，但前鬓的头发扎不住，散了开来。"

　　"是不小心脚滑了？"

　　"都认为是失足落水。可你姥姥说，在二奶奶死前的四五天，她来到咱家，把你姥姥多年前送给她的一个小木板凳还回来了，说是用不着了。当时都穷，她连个凳子都没，突然退还，让人想不通。谁料到，几天后人就去了。"

　　"到死，她都还没忘给儿子媳妇们留着脸。"

　　"结果，这帮龟孙儿子因为娘死到了外头，都拦着不让把尸体抬进自己屋。还是你姥爷，高声责骂了一天。最后，是她小儿子请人把她抬去老屋，停灵，下葬。"

贼邻

一场秋雨一场寒。

娘俩晚上八点半出门散步，感觉空气中有了冷意。刚走到两楼间的夹道，碰巧遇到小宝母子。原来是小宝的爷爷去公园散步了，小宝妈偏偏忘了带钥匙。由于已经跑着玩儿了一阵子，小宝的衣服被汗湿透了，如果不及时换下，恐怕要着凉。凑巧，此时又下起了毛毛细雨。

"到俺家去坐坐吧，小宝爷爷一时半会儿也赶不回来，别冻着孩子。"我发出邀请。

于是，开门，进屋。

我拿了件儿子的汗衫给小宝换上后，两个孩子头碰头，玩起了星钻积木。

"俺老家是 X 城的，"小宝妈说，"我在那儿结的婚。当时，婆家给盖了新屋，还带个小院儿。"

"正是我向往的那种，自己可以养花、种菜、喂鸡。"

"别提了，没住多久，我就坚决把房子卖了，而且搬离了那里。"

"咋了?"

"一口气连丢了 8 辆自行车，1989 年那会儿。"

"当时自行车可值钱着哩。我爸曾丢过一辆凤凰牌自行车，为这，他气自己粗心气了好长一段时间。"

"第一辆自行车，不骑的时候就搁客厅角落里。有天拖地时，宝儿他爸嫌碍事，就推院儿里了。结果，第二天一早，车子没有了。你不知道当时俺家的院墙有多高!"

"后来呢?"

"家人怕我难受，又买了一辆。结果，很快又丢了。后来才知道，原来是俺家附近有个贼窝。"

"破财消灾。干脆走路上下班算了，权当锻炼，省得闹心。"

"大戏还在后头。"

"啥意思?"

"一辆雅马哈，也丢了。"

"可相当于现在的一辆好车呢。"

"干脆，我再也不买了，即使怀着俺大儿子时，也是去哪儿都走路。结果，贼开始入室了。"

"这也太嚣张了吧?"

"想不到吧，恶人没有任何顾忌，而且来去自如。后来我们琢磨出了其中的蹊跷：有眼线! 肯定是提前摸准了俺家人的行踪，要不咋一次也没失过手?"

"谁报的信儿?"

"俺对门邻居。"

"怪吓人。"

"那一家有3个孩子,家里穷得没吃饭的碗。回回我买了水果和点心,只要碰见,准会给他们些。"

"对方却恩将仇报。"

"看你日子红火,先是嫉妒,然后就起了坏心。有次,俺妈刚来家给我 5000 块钱。结果,第二天邻居就来借走了 3000。"

"为啥借给他?"

"害怕。隔墙有耳,要是没偷听,咋能我刚有钱,他就来借?"

"你们就没想着搬走?"

"刚盖好不久的新房子,不舍得。再说,卖房子也不是一时半会儿就成的事儿。"

"但是有个这样的邻居,多糟心。"

"可不是。有天中午,我下班回家,刚进院儿,看见俺哥从屋里出来。当时我还纳闷儿,他咋突然来了? 谁知道一进屋,我吓得差点儿坐地上。东西被翻得乱七八糟,抽屉、柜门都大敞着;枕头芯儿、被里子全都被掏出来扯碎,棉花撒得哪儿都是;现金和首饰全被拿走了……"

"报案没?"

"公公不让,怕惹祸。"

"老人确实见识比咱多，退一步海阔天空。"

"可问题是，咱不想撕破脸，人家却变本加厉。"

"还有第二回？"

"第二次是某年的年前。俺两口子都加班，晚上到家一看，满地狼藉。衣服、被子、单位发的锅、孩子爸的两箱茅台，全部被拿走了。"

"恁多东西，一个人一次可拿不完。"

"是开昌河来哩，车轮子把院子里的雪都碾平了。看脚印，至少来了七八个人。"

"这回报案没？"

"报案了。俺舅说，拿走的东西太多了，要不请个中间人说说，给俺们退回来一部分。结果，又是俺公公不同意。"

"既然如此，就换个地方住，惹不起还躲不起吗？"

"家里开始商量卖房，确实该走了。再住下去，我会精神分裂。你不知道，贼是用带钩子的绳子勾住院墙翻过来的，来人被玻璃划伤了手。他就在卫生间里洗，弄了一池子血水。临走，还用大扳子砸坏了水管道，水淌得哪儿都是，每个房间都被泡起来了。"

"够嚣张的。"

"有天傍晚，突然下起大暴雨，院子里的水都漫过脚踝了。偏偏孩子爸在下班路上被耽搁了，窗外电闪雷鸣，我一个人在屋里，突然想起曾经杂乱的地面、带血的扳手，还有邻居老头躲在门缝后偷看我是否上班离开家里的那张脸和那双眼，我吓得身子都僵了……"

"都过去了。"我看着她的眼睛，"你倾诉一回，就把心里的愤怒和恐惧释放一次，说出来就没事了。"

"我敢确定就是邻居给贼报的信儿。我上班儿走，邻居老头子就站门口看着；我下班回来，老头子还站门口看着……自打家里进了贼，无论在哪儿，我都必须站在或坐在有靠背的地方，否则，就老觉得背后有人。"

"理解。"

"下大雨那晚，我僵硬地站在客厅中间，手机拨好110，准备随时打出去……谁知，我正吓得浑身发冷，俺妈正好来电话，问我下班到家没。听到她的声音，我再也忍不住，随即放声大哭。她一边安慰，一边表示要来陪我。恁大的雨，我就是再怕，能叫她跑这一趟吗？"

我起身，给情绪激动的小宝妈倒了杯水。

"20多年了，我忘不了那一夜，被闪电照亮的树叶子，每一片都像贼的眼，随时盯着我……自那以后，我坚决回娘家住了。"

"也好，省得爹娘不放心。"

…………

晚上十点整，小宝爷爷散步回来了。雨也停了，地面微湿。儿子坚持和我一起把小宝母子送到其住处的楼下。

返回后，我们娘俩默默洗刷、铺床。屋中的空气里，仿佛还浮有些许不安的碎末。

　　"妈，3 年前，我偷拿了表哥一个玩具零件。虽然他确认是我，但我一直没认。今天，我把这个秘密告诉你。以后，我再也不拿别人东西了。"话音刚落，小家伙就打起了小呼噜。

　　而我，却失眠了。

战友

"听说没，张子林结婚了。新娘是咱当地人，一个三十多岁的黄花姑娘。"

"礼金托人捎去了，那天正好有事，我就没过去喝喜酒。"

"唉，地下的魂魄还没走远，活着的就洞房鸳鸯了。仔细想想，做人哪，啥都不能太当真……"

这个张子林，是个转业军人，曾经有过老婆和一个女儿。听说他是本地人，从部队回来时快四十岁了。倒霉的是，途中转车时他去换票，媳妇照看孩子，老娘坐地上守行李。谁知，上了年纪的人到底眼神儿、精神欠佳，被贼从背后拖走了装着家底儿的包，那可是一笔不小的积蓄……

到了家，仗义、热心的战友们不仅帮他凑了些钱租房，而且，其中个别混出头脸的，又帮他落实个好单位。

这家人，总算安定了下来。

一个夏天的晚饭过后，我家来了客人，是一个四十多岁的女人和一个七岁的女孩儿。

小姑娘留着齐耳的短发，细长眼，小疙瘩鼻头，皮肤不白不黑，说着一口东北话。而那个女人，小姑娘的妈妈，则瘦得让人有些心疼。她五官端正，眼亮鼻挺，说话慢声细语，脸上带着柔弱的笑容。

后来，秋天和冬天，娘俩又来家过几次。每回离开时，小姑娘都恋恋不舍。因为同名，所以我对小客人多了几分耐心和热情。

"小张莉是过继的，她本是你张叔哥哥的孩子。"有天，我妈突然说，"你阿姨身体不好，总怀不上，就干脆从张家的近支里要了一个，这比从外面抱的强，反正都是自己骨肉。"

知道了女孩儿的身世，我终于明白为啥她长得一点儿也不像她妈。

从此，母女俩再来家时，我就多了一分留心和观察。

这个双眼皮的大眼睛母亲，总爱穿翻领的上衣外套，裤缝回回都笔直。夏天，脚蹬白色塑料半高跟儿鞋；秋冬，则是一双棕色牛皮系带平底鞋。

日子，一天天过去。

慢慢地，小张莉不怎么来了。据说，是因为她的功课越来越紧张了。偶尔，我还挺想她的。

有一天，我妈把一个好好的茶杯丢掉了，说："用不着了，你阿姨不在了。"

"啥意思？哪个阿姨？"

"小张莉的妈。躺床上半年了，起初是肝炎，后来恶化了，肝癌。上周我们去看她时已经不行了。你没留意吗，我一直给她用固定的杯子。而她在咱家从没喝过水。"

原来，黄黄的脸色不是因为缺乏营养而是患了绝症。而那温柔的眼神和平静的笑容，竟是对这个世界最后的告别。

"小张莉怎么办？"我打破了沉默。

"听说又回她亲爸亲妈身边去了。"

"这么说，以后很难再见到了。东北离咱这里，可不近。"

…………

两年后。某天，老爸接到一个电话。

"喜事！老张的媳妇，给他生了个大胖小子！"

"哪个老张？"

"张子林！这不，人到中年梅开二度并喜得贵子，好事连连哪。"

"福气，福气。"

挂断电话后，老爸回屋告诉了老妈。半晌，老妈才开口："那天老张再婚请客，我去祝贺。酒宴散后，他专门瞅个空儿走到我跟前说，嫂子，我是在她走了以后，才经人介绍认识了现在的老婆。"老妈稍微顿了顿，"真是，他跟我说这干啥？"

我咽了咽已来到嘴边儿的话，没吭声。其实，他说这些，不难理解。

赵姐

2018 年春节过后，趁家人尚在外地未归，我独自在家进行了一场比较彻底的大扫除。

两周转眼即逝。看着窗明几净，我深深出了一口气：总算干净了。至于收拾出来的瓶瓶罐罐、纸箱杂志、废旧电器、陈年衣鞋等，也在心里给它们找到了最好的归宿：6 年前的一个故人，碰巧被我在路上遇见，她答应帮忙拉走处理。

也许有人要问，不就是些破烂儿，卖了就行了，至于还要找个故人？

当然至于。因为这个旧相识，我很在意。

那是儿子一岁时的夏天，我们娘俩回老家过暑假。天热难挨，加上不分白天和黑夜地照顾儿子，我有些吃不消。

孩子姥姥本来就瘦弱，身体也不太好。每天要做三顿饭外，一周之内还有两个晚上替我搂孩子，老人家累得几次差点儿犯心脏病。

虽然住在附近的表妹和表姐隔三岔五地过来帮忙，但她们各自也都有家有口，没有闲人。因此，寻个合适的帮手，就成了当务之急。可惜，这世上不是用钱就能解决的事情之一，就是找到合适的保姆。

烈日炎炎，儿子偏偏又闹起了肚子。于是，又是医院，又是灌肠，把我熬煎得嘴角起了泡。孩子姥姥、姥爷也都跟着累病了。

某天中午，看着正在忙碌的赵姐，万般无奈的我开了口："想请你帮忙抱一个月的孩子。上午你该忙啥忙啥，只需要下午过来，给你 1000 块，咋样？"

思考片刻后，她点了点头。

于是，每天下午两点，她准时来到。"恁家真是舒服。"坐在走廊垫子上的赵姐感叹，"大空调开着，得劲儿。俺屋子里这会儿，热得像个蒸笼，让人都没地儿放手脚。"她的表情告诉我，她讲的是真心话。

转眼，一个月过去了。

当我妈递给她一个红色的信封时，她说啥也不接。"俺能到这个院儿里来，全靠婶儿帮着说话，啥也没要俺的。俺就帮恁个小忙，咋能要钱？"经过再三推让，最终，她到底没收下。

原来，是我妈帮着跟物业老总说情，她才能进出小区自由。

对，赵姐是个收破烂儿的。

当初，知道我们请赵姐帮忙照看孩子后，一个体面的阿姨笑了，说："看看恁娘俩，咋找个那样的人抱孩子？想起她的那双脚，我就恶心得吃不下饭。"

看着她自以为娇的脸色和揶揄的表情，我没吭声。沉默，不是因为羞愧而无语，完全是本人修养在线，同时，也是鉴于对两家情谊的尊重。

时至今日，我依然还是那句话：赵姐，是一个干净的好人。

当年，她敲门进来时，身上的肥皂味儿足以证明她用心洗了澡，而且，还穿了件带卡通图案的大红色 T 恤。如能由她帮忙照看孩子长大，那绝对是我们母子的福气。

可惜，很遗憾。是我的坏脾气让我们之间的缘分突然中断。

事情是这样的，自打我们看清了她的忠厚实诚，全家都赞成带她去省城请她继续帮忙，她自己也答应了。结果，有天上午，她把刚摘下来的一个小黄瓜在衣服上擦了擦，随手就递给了怀里的孩子——我的儿子。当我提议洗一洗再吃时，她大大咧咧地说："俺们乡下人都这样，不干不净，吃了没病。"我一时不太高兴，没想太多，脱口而出："可俺们不是乡下人。"

结果，第二天，她找了个理由，拒绝了省城之行。
…………

在儿子上幼儿园之前，我先后找过 3 个保姆。

第一个，在我家里连续打扫了 5 天卫生。让她替我哄一会儿孩子，却被反问："没看见我正忙着吗？"她打着"保姆"的名号，干着非保姆的工作，而且要求一天一结账，然后于某天清晨闪人。

这个黑瘦、扎着马尾、穿粉红色上衣的女人，是目前为止我遇到的最昂贵的保姆。

第二个，是孩子爸老家的一个近门亲戚。她来的时候，随身拉着个红色四轮人造革箱子。让人惊愕且十分好奇的是，箱子大到足以装下个3岁的孩子。在她离开时，这个箱子的作用终于大白于天下。

她最大的特色，是在不识字的情况下，自己做主服用我家药箱里的各种药片儿，目的简单而实惠：补充营养。结果，她把自己补得来了"大姨妈"。当时55岁的她，早已绝经多年……

她的另一个爱好，是趁我不在家时，认真试穿我挂在衣柜里的四季衣服且揽镜自赏，虽然没有一件她能扣得上扣子。由于我始终没有说过"这件送你"之类的话，她不用化妆就能出演小丑的脸，笑得愈加动人了。

在她决定离开的头一天的一个中午，沉睡中的我被持续的窸窸窣窣声扰醒，头脑简单的我认为她在收拾行李。然而，等她离开之后我才明白：她的确在收拾，只是收拾的不是她自己的东西……

看来，她的箱子还不够大，因为有10小袋被剪开口的杂粮面粉迫不得已被留在了储物间。它们横七竖八的排放形状，告诉我当时她因为塞不进自己的行李箱而如何懊丧。

　　第三个保姆，有姿色、有眼色，也有演技。她在我家的时间最久，离开的原因也最扑朔迷离。至今，我偶尔还会想起她，虽然她无情地利用过我的善良和热心肠。

　　两三年里，经历了各色保姆、种种闹剧之后，我不仅开了眼界，心智也得以成长。在累得不能轻松翻身的夜晚，我总会想到赵姐，同时，为自己的轻狂和浅薄而后悔不已。

　　…………

　　"赵姐，客气干啥？来了就来了，还买什么东西。"

　　"也没拿啥，就是几个果子。要知道你调回来了，我肯定早过来看看了。"

　　这是 6 年后重逢，我让她免费拉走三车"废品"之后的第二天上午，她特意买了苹果来家里坐。

　　那些苹果又大又红，一瞅就知道是她自己绝对不舍得买着吃的。

　　"去年回收了件儿大机器，我搬运时砸伤了脚，在家歇了大半年，才刚好些。"她伸出右脚让我看。

　　"当心。别干重活了，沉东西让俺哥帮你。"

　　"他也是忙！俺们有孙子孙女了。"

　　"恭喜恭喜，升级当奶奶了。"

　　"你看过得多快，转眼六七年了。"

　　"可不是。"

　　…………

2020 年 9 月 6 日中午，给孩子买鞋回来，刚进屋，我妈就说："看见门口的废品车没？那是你赵姐的。我拿着咱攒的纸箱酒瓶出去，走到近前才看清是她，于是就全给她了。现在，她正在地下室收着别人家的杂物呢。"

我连忙出门，走到地下室入口处，喊她。

不一会儿，上来个五六岁穿红裙子的小女孩儿。

"是你叫俺奶？俺奶忙着哩。"

"这都快一点了，还没吃午饭吧？"

正说话，儿子喝着一瓶酸奶出来了。

"快，回去给妹妹拿一瓶。"

虽然很宝贝他的零食，小家伙还是很快返回了。

小姑娘接住后，一边喝一边说："谢谢哥哥。"

"来，孩子，坐下慢慢吃，这小红碗和筷子都送给你了。"我妈端着一碗热气腾腾的蒸面条出来了。

小姑娘低下了头。

看得出，她想吃，又不好意思。

这时，穿着大红乔其纱短袖裙式上衣、黑色棉布七分裤和褐色塑料拖鞋的赵姐从地下室抱着一摞纸箱子上来了，说："还不赶紧接住，谢谢奶奶。"

"赵姐，两年不见，你没变样，还那么年轻。"我说。

"老婆子了，年轻个啥。"她谦虚着，但圆圆的红润的脸却笑了。

"哟，孩子都这么大了，快十岁了吧？"看见我身后的小男孩，她问。

"年底就十岁，都四年级了。"

"你看快不快，眨眼都长大了。"

"可不是。当年他学走路正累人的时候，多亏你帮忙，我才没累晕。"

"小赵，来进屋吃碗蒸面条。天热，慢慢收，别累着。"我妈招呼道。

"不了婶儿，孩子爷爷在桥头等我，现在就要过去。"说着，她抱起小姑娘放在副驾驶座位上。

我妈、我、我儿子，仨人站一排，向她祖孙俩挥手告别。

"你们进屋吧，外头热。"她在车上扭过头，让我们回。

老秦

凡是没人住的房子，植物都长得特别旺盛。

的确，一楼老秦家窗前，玉兰树和红梨树的枝丫浓密，几乎遮蔽了整个阳台的光线。

最近，由于二楼装修完毕住进了人，这些自由伸展的枝杈被砍了不少，一楼才得见些阳光。

"这找媳妇可是大事儿。"有人感慨，"要不，这家的日子过得该有多红火，至于让恁大的房子一直空着？"

除了偶尔有亲戚来帮忙开窗透气，这套170平方米的房子一直门窗紧闭，9年多了。

…………

"你看糟心不糟心，听说老秦的大儿子和他的老婆、小姨子打起来了。三个人全受了伤，他胳膊断了，小姨子耳穿孔，警察都出面了。"

"咋回事儿？"

"年前，他独自去老屋贴对联儿。碰巧，他老婆姊妹俩都在，几句话没说好，双方就动手了。"

"闹离婚几年了，心里都憋着气哩。那娘们儿也够蛮的，跟男人动手还不是女的吃亏？好聚好散，毕竟还有个孩子哩，日后总要打交道。"

"我见过他老婆，人高马大的。她妹子也够壮，俩打一个，他难占上风。"

"警察咋说？"

"要拘留。这不，连生闷气带喝多，当天夜里就说不舒服，他老伴儿也没多想，第二天早上才打120。结果检查说是血栓，估计要瘫痪。"

这些，都是9年前发生的事了。

在那之前，刚过60岁办理了退休手续的老秦，在自家房前开了一大片地，撒上各种蔬菜种子。他两口子都是农民出身，勤劳又懂种植。收获时节，数他家地里形势最喜人：茄子紫圆圆，番茄红扑扑，黄瓜水灵灵，菠菜绿油油……

那时，邻居梅子肚子里怀着孩子，没少吃他家种的番茄。

"你姨打小爹娘就不在了，她是跟着叔和婶子长大的。"梅子娘说，"婶子善良且有见识，让她上学读书。后来，经人说和，嫁给了你伯，如今成了处长夫人，又生了俩儿子，也算有福。"

"一看她的笑容就知道是个善人，没架子，整天也没话，就只低着头忙这忙那。"

两个儿子都争气，品学兼优。只是大儿媳妇及其家人，够呛。

"他俩是经媒人介绍认识的，很快就结了婚，生了个儿子。后来，他考上了北京的研究生，离家去上学了。结果，两地分居时间长了，就生出些事端。"

"听说是女的先提出分手的，要求把老屋和孩子都判给她。结果，老秦家提出先给孩子做亲子鉴定，如果是他家血脉，房子和养育费一样不会少，否则分文没有。谁料，那女的拦着死活不肯。"

"这就怪了。正常情况下，巴不得做鉴定，也好给孩子和自己一个清白，房子和钱拿着也踏实。她如此反应，怕是心里有鬼吧？"

"是有鬼，这'鬼'还被撞见过。"

"咋说？"

"有一回，奶奶没打招呼就去老屋给孙子送好吃的。结果一开门，见一个年轻男人大模大样地坐在客厅沙发上。看神情，和她媳妇的关系不一般。"

"媳妇咋说？"

"说是来查水表的工人。"

"反应还挺快。"

"别看老太太平时话不多，心里可有数。感觉不对劲，连坐都没坐，故意装糊涂打了个岔，找借口说还有事儿，一溜烟儿走了。"

"照此说来，那孩子的亲爹是谁，的确让人起疑。"

"可不是吗。后来一打听，那男的好像是她以前的男朋友，俩人租房同居过……"

"搞不好闪婚闪离是这娘们演的一出骗局吧？瞅瞅打扮得那个妖气样儿，见了人也不搭个话，没素质。"

"听说，当初去帮老秦家接媳妇的司机里，有人认识这女的。当时，看见新娘是她，就吃了一惊。但是，那时那刻也不便说啥了。唉，都是命啊……"

…………

老秦从医院回来了，半身瘫痪。俩儿子都在首都。于是，为了方便照顾老秦，也为了离开这个伤心地，老伴儿陪着老秦去了北京。

全家团圆，挺好。

人走屋空，窗前的树长得噌噌噌。其间，听说除了个别人去看过老秦，当年经常和他一起拿碗喝酒的兄弟们，都端着碗去别的领导家里继续证明着交情了。

转眼，老秦离开老屋9年了。

梅子见他最后一面，是9年前夏日的某天早晨。当时，梅子正抱着穿肚兜的儿子在家门口乘凉。他被家人搀扶着出来，费力地坐进一辆去往北京的黑色轿车里。瞅见这娘俩，他吃力地半抬手，嘴里含混不清地说着啥。梅子连忙走过去，说："叔，好好养病，早点儿回来，咱们再一起种番茄。"他听懂了，点头的时候，眼里闪出泪光……不想，这竟是最后一面。

2020年6月初的某天，夜里，瘦得一把骨头的老秦，走了。

  "也好，不受罪了。"

  "唉，刚退休就躺倒了，本该享福的……"

  参加老秦追悼会的那天晚上，很少再端酒杯的老哥们儿，有人，喝多了。

重逢

"你是 Z 吧?"一个优雅且颇有气质的三十多岁的女人问。

"是。"正在医院职工食堂吃早餐的我,抬起头说,"刚才排队抽血时就看到你了,觉得眼熟,没敢冒认。听你这一问,咱俩肯定有关系。"

"我是振锋,你的老同学。"

"原来是你! 以前你是短发,别看当年做同学时没咋说过话,但我对你印象深刻。"我实话实说,"那时我个子不高,坐前排。你个儿高,座位靠后。"

"你爱穿一件黄色的中长款风衣,齐耳短发,皮肤细白,可好看。"振锋直接说出了心中对我依然留存的喜爱之意。

"那是我妈的一个女朋友买给我的。除此之外,我还有一套大舅给买的大红色夹黑边儿的运动服。就这两件儿像样的衣服,所以总是这件洗了穿那件。至于短发头,是因为除了这个发型,我妈不会剪别的花样了。"

"听你说话,还是当年的样子,没变。"

"在这个啥都飞速变化的时代，你这属于顶级赞扬。"

俩人，都笑了。这一刻，我们仿佛看到了当年的自己和彼此。

"殊途同归，咱俩真是有缘。"我不由地感叹。

是的，我工作调动，回到了故乡。老同学她也是曲曲折折，经历了属于她自己的励志故事。如今，我们是一个单位，上班是同一幢楼。只不过，今天因为体检才刚遇见。

她有一个女儿，我有一个儿子。

她有一个老公，我目前也是。

不同的，她是踏入婚姻后又奋力考学求上进；我则是一口气在学校度过将近人生三分之一的日子，然后开始真实的人生。

"以前，总觉得提钱俗气。如今明白了，钱最能衡量感情。迄今为止，最舍得为我花钱的男人，是我爸，因为他是真的爱我。"我感叹。

"同意。"她眼光清澈，"还好，咱俩花的都是自己的钱，不用看人眼色、讨人欢心。"

"偶尔，孩子爸也给零钱。但每次都会郑重声明，强调他自己的慷慨。"

"有意思。"

"其实，婚姻就是修炼一种本事：拼命发现且放大对方的优点。"

"对。而且要记住一点，不管这个男人本事大小、脾气如何，只要吵架时没有语言羞辱和拳脚相加就好。咱们不能太挑剔。"

"是，虽然咱们都这么优秀，但知足常乐吧。"

俩人，又都笑了。暖暖的阳光从窗外照进来，洒在我们身上，很舒服。

"咱们现在的人生阶段最辛苦，上有老下有小，担子不轻。"

"是啊，说年轻吧，美貌不再了；说老吧，又有点儿早。"

"我读书这几年，孩子都是她爸爸操心，我心里很感谢他。"

"这说明一个问题：你老公人不赖，好好珍惜吧。"

"我爸有病住院，都是我哥跑前跑后，也没攀扯我，因为觉着我独自在外地读书不容易。"

"这又说明一个问题：你哥也是个好男人，珍惜吧。"

"咱都到了该注意身体的年龄了，虽然心里总觉得还年轻着。"

"是啊。有些同龄人，已经不在了。"

"去年的这个时候，一个好朋友得乳腺癌去世了。她一直都过得挺不容易，加上身体上的缺陷，看到的丑恶和凉薄比一般人多得多……我去探望时，她最后说的那些话，我至今只要想起来就不好受……"泪光，在振锋的眼里闪烁。

我递给她一张餐巾纸，同时心里觉得很温暖。因为，时隔这么久，彼此都不再是当年，而她能在和我重逢后这么短的时间内就真情流露，很难得。

看她情绪稍稍平复，我接着说："刚调动回来时，老同桌请吃饭，得知当年一个坐在后排的男同学因为婚姻问题而气大伤身死于肝癌，已经喝了几杯的我悲从中来，边哭边喝。最后，吐了人家一身……"

"不说这些了，净伤心。"振锋轻轻擦了擦眼角，"多活一天是一天。咱们都争取多陪孩子几年。"

"对。对自己好，才是真好。"

俩人，第三次相视而笑。

纯真年代

"打扰，这道英语题，能给讲讲不？"

我抬头一看，原来是班上的男生郝朝辉。

平时，没怎么说过话。座位，离得也远。

可人家既然来跟前请教了，咱也要认真对待。

于是，接过练习册。一看，是一道相当简单的题目……

两天后，下午自习时间。"还有一问，给看看呗。"还是他，依然是一道不难的英语题。

又过两天，相同的场景，重来了一遍。

再愚钝的人，至此，也明白了，这绝不是单纯的"请教"。

难道……

"别多想了。"自己劝自己。

这个男生，非常普通。不帅，不高，不白，不聪明。而且，仔细回想他问问题时的表情，也正常。

到底，他葫芦里卖的啥药？

　　高中二年级的生活，在"好学生"的心里，除了"分数"
和"学习"，是绝对不允许有其他主题出现的。而这个男生，
却打破了平静。

　　日子，一天天过去。

　　心绪，却不再那么一如既往。

　　终于，他摊牌了："傍晚放学后，你留会儿，我有话说。"

　　虽然已经做好了心理准备，我的脸，还是稍稍红了一下。

　　下午5：30，同学们陆续回家吃饭，7点还有晚自习。

　　平时总是提前离开、提前返回教室的我，今天磨蹭得让
人起疑。

　　"快点儿，"好朋友李征在门口呼唤，"我在车棚等你。"

　　"你先回吧。"我低头，做寻找东西状。

　　"没事儿，我等着。"她心眼儿挺实。

　　"真不用等。"我强调。

　　"行，那我先回。"还好，她没有坚持到底。

　　"如果碰见我妈，就说我马上就到家。"乖孩子，心思必
须细密。

　　…………

　　终于，教室里只剩下两个人。

　　郝朝辉，慢慢走过来。

　　我，尽量让自己面部表情平静。心脏，却怦怦怦跳。

　　"有句话，知道不该说，"他鼓足了勇气，"但是，必须
说，你可别生气。"

"不会生气。"我，声音稍微有点儿抖。

"是这样，"他的目光瞅向别处，"咱们马上就会考了。我打听到考试时咱俩前后排。所以，想请你关照。"说完，他神色紧张地看着我的反应。

不知道，当时自己是怎样的表情。

听到与预想相去甚远的"表白"，我说不清心里到底是释然还是失落……

生平，第一次单独和男生"约会"，竟然还是难逃"学习"这一永恒的主题。

看着他脸上颜色不算太深的雀斑，看着他那双细细的单眼皮，看着他不算浓密的寸头，我，心情复杂……

但是，想到该男生铺垫得如此费心费力，终于，心软人善的我，既有"好学生"底气，又有"侠女"义气地回答了两个字："好吧。"

他眼睛一亮，面露笑容。

"说吧，哪一门儿要关照？"

"每一门儿……"他，又一次紧张地看着我的脸色，"不过放心，除了选择题，别的都不会麻烦你。"

"人心不足蛇吞象！"我眼前闪现出这些字眼。

"这样吧，"为了既不得罪他，也不为难自己，我提议，"这是一次重要的考试，考场规则，咱们都懂。帮你可以，但有要求：第一，不递纸条；第二，不用手势；第三，不打电话（即小声说答案），你自己琢磨办法吧，如果想不妥当，可别怪我。"

"嗯。"他神情严肃。

三天后。

"想出好办法了。"他一脸狡黠地笑着。

我一愣。

"踢我，踢我。"见我没有明白，他耐心解释，"选 A，你踢一下；选 B，你踢两下，以此类推……"

那一瞬间，我觉得，这个男生真不简单。

转眼，秋末冬初，考试来临。

第一场结束，老师收好试卷离开。

他走到我身边来，说："谢谢。"

"不客气。"

"下午，你能不能换双鞋？"

"咋了？"

"你穿的这双太沉了，踢得很疼。"

我一下子笑了……

原来，怕冷的我穿了一双"大头鞋"。

啥是"大头鞋"？它原本是军队里的专用，厚实的黑橡胶底儿，坚实的棕黄色皮革头，脚踝部是结实的绿色帆布，里面粘着一层绝对货真价实的羊毛。即使在冰天雪地的东北，穿上它，站夜班都不怕。

也难怪，一般人都忍受不了它的重量。

中午回到家，我特意到地下室翻找了一双有夹层的白色运动鞋。

接下来的考试，一切都很顺利。

除了有一回，我正认真踢着，前排的他突然假装咳嗽，我立刻停止行动。

好不容易等两位监考老师同时朝一个方向走过去，他迅速扭头，小声、清晰地说："从第四道题开始，我数得有些混乱，重踢吧。"

…………

考试结束的那天上午，阳光明媚。

他想通过请我吃碗羊肉烩面表示真诚的感谢。

我真诚地拒绝了他的邀请。

从那以后，文理科分了班。我俩，也未再见过面。

…………

大学二年级的暑假，一天，我坐 6 路公交车出门办事。

正准备投币，"你免费"，一个声音响起。

仔细一看，是他，郝朝辉。

我笑了，接受了他的友谊。

"以后只要你坐 6 路，都不用买票，我请客。"他在我下车时大声并真诚地说。

失恋

"等你毕业后做了老师，答应我一件事。"同宿舍的阿翼，有天晚上入睡前突然说，"如果上课时班上有男女学生举止亲密，千万别呵斥，更别举报，行吗？"

"当然可以。"想都没想，我直接答应。但心里却觉得有点儿奇怪。

"因为我曾经的好朋友因为早恋出事了。"阿翼说。

原来如此。阿翼是一个谨慎、稳妥的人，说话办事从不随便。今天能说出这样一个请求，必有原因。

"初中时，我们就有晚自习了。一天放学后，她和男朋友没有立刻离开，而是留了下来。"

"才多大的人，又是在教室里，还能咋样？"

"事不凑巧，正好有巡查的老师路过，抓住了现场。"

"恋人之间有亲密举动都可以理解，况且又是少男少女。不管如何，老师的职责是教育，更是要给年轻人一个改过的机会，怎么还闹出事情来了呢？"

"具体我也不知道。反正，那个老师上报了这个事儿。处理结果很快下来了，她和她男朋友都被开除了。"

"……"

"男生退学后接了他爸爸的班。"

"女生呢？"

"听说她去找他，也没逼着他结婚啥的，就想说说话。结果，他避而不见，决定一别两宽。"

"幼稚，也很自私。出了这样的事，女孩子压力更大，又没人可以诉说，只能找他说说，排解排解。"

"他只顾撇干净。"

"也是太年轻，把事情想得过于简单。"

"也不知俩人具体到底咋说的，反正，她自杀了。"

"咋死的？"

"卧轨自杀，就在他每天打信号灯的地方。"

"……"

"她死了好多年后，每次路过当年我俩下课分手并约好再碰头一起去上学的拐角路口时，我眼前总还会浮现出她的笑容……"阿翼极力抑制着自己，无声的痛苦在黑暗里漫延开来。

我没出声，也没有安慰她。因为，任何劝解在此时都是多余的。

转眼，我站到讲台已经十多年了。别说呵斥，就是批评学生，都很少。

木槿

木槿花，花期很短。凋落之快，让人心戚然。

——题记

"听说没，大刘玲被劫匪绑架弄死后，丢在了阴沟里。"

3 年前，在郑州的一次朋友聚餐时，我头回听说了当年同学中知名美女的人生结局。没想到，3 年后的今晚，在家乡的某个饭店里，这个故事，经由我昔日同桌（亲身经历了此案的某些证据的取证）的讲述，有了更加完整的影像。

"尸体被发现时，已经臭了。"

"听说头被割了？"

"没有，头还在。脸被划破了。"

"警察破案的关键，是死者的一口烤瓷牙，都是上好的材料，值几个钱，还是咱这里的名医给做的。一查，就确认了受害人身份。"

…………

当时，我们这一届里有两个漂亮女孩儿，名字都是"刘玲"。个头儿高的被称为"大刘玲"，娇小些的就是"小刘玲"。

大刘玲，身材高挑，虽然不白，但肤色和面庞都有些印度混血的意思，颇具风情。她爱围丝巾，不分季节。

当时，我们才小学五年级，她是隔壁班的班长。每天中午放学，她都忙着整理队伍，又是吹哨，又是点名。我的注意力，全在她那条直垂腰间的乌黑油亮的大辫子以及盛开在发梢的大红色花朵上。那朵开在乌发上的花，由一条带金色丝线的艳丽纱巾做成。

那会儿，学校的校服是土黄色带黑边儿的尖角翻领上衣和直筒裤。她穿着和大家一样的衣服，却格外打眼儿。因为她的校服总是熨烫得板板正正，加上她天鹅般的步态，让一心只有"学习"二字的我印象深刻。

"她嫁了个啥样的男人？"有人问出了大家都想知道的问题。

"一个普通的老实男人，平凡的工作，平凡的家境。"

"有孩子吗？"

"一个男孩儿。"

"多好，安安稳稳过个日子，就是福气。"

"听说出事那晚，她和老公吵架生气，所以三更半夜跑了出去，结果倒了血霉，遇见了劫匪。"

"事实是另有情况。"老同桌略微迟疑，"她和单位上司关系很好，至于多好，成年人都明白。她认真了，也太自信了，于是就闹离婚。结果她男人不但不同意，还去她单位里大闹一场。"

"离婚可不是一句话，特别是有了孩子。而且，就算离了，上司也不一定会娶她。"

"就是这话。为避嫌，上司调到郑州去了，而且表明不会和原配分手。"

"如此结局，意料之中，逢场作戏罢了，人家哪儿能为了她自断前程？"

"她一时接受不了，就拼命打电话给领导。出事那晚，就是因为双方沟通不愉快，她在家喝了不少酒后，独自出门去了偏僻处溜达。"

"听说当晚有 6 个劫匪，本来是去撬保险柜的，结果收获甚少。谁料返回的路上看见了她，一身名牌，穿金戴银的，还一美女……"

"他们逼她回家拿现金。谁料她家里非常普通，劫匪都不太敢相信。于是，就逼着她给熟人打电话借钱。"

"她给上司打电话了没？"

"没，听说她到死都没拨过他的号码……"

"最后，劫匪见实在没有油水可榨，就把她带到外面的一个荒坡上。面对欺辱，她奋力反抗，结果被掐死了。"

"…………"

"当年，我还请她看过电影，20 块一张票。"老同桌突然说了一句。我悄悄瞥了他一眼，看神色，想必是内心的某个角落被轻轻触动了。否则，像他这种有身份的年轻领导，绝不会在公众场合说这样的青春往事。

"啥？还有这事儿？既然都看电影了，你咋能让她嫁给别人了？"

"我那时候多老实，人家可是一朵名花，咱根本没敢多想。"

"老实也是相对的，估计是你没胆去吃这棵窝边草！"

沉重的气氛，被这几句话打破了些。大家凝重的神色，稍稍放松。

"这个版本也不真实，真实的版本回头再私下问你老同桌，最好是酒后。"会餐结束到家后，看到有人悄悄给我发了条短信。

其实，3年前听到的版本里，美女生命最后的遭遇是这样的：那晚，她被劫钱劫色。几天后，一具脸部血肉模糊、身上一丝不挂的尸体，漂起在臭水沟里。

…………

一前一后，两个女人走着。昂首在前头的，是穿着时髦的女儿，年轻漂亮，仪态袅娜；微微低头跟在后面的，是衣衫朴素，相貌普通的妈妈。这，就是当年大刘玲和她母亲走在家乡七一路上的身影。也是我，对她最深刻的印象。

情路

2017 年 6 月 20 日，儿子的"学前班"生涯结束了。

散学表演开始前，在我的建议下，他和自己心仪的女同学合了一张影。从表情上看，这绝对是他最开心的照片之一。其实，我很想告诉他，"校园之行"最大的功课之一就是欣赏女生的美丽，同时，明晰她们的类型。

首先，一定要识别、回避《胡桃夹子》里的"皮里帕特公主"。这种女孩儿，虽然有高贵的身份和出众的容貌，但是自私虚荣。即使你为她付出巨大的代价，人家该转身的时候依然不会犹豫。只剩下你，独自承受梦碎之后的悲伤。

其次，别贪恋"白雪公主"。因为，漂亮脸蛋儿和窈窕身材不能成为被同一个人在同一个地方几乎被同一个手段害死三次的理由。她的智商会影响下一代。而且，照顾"美丽的妹妹"，会让你劳苦一生。

那，什么样的女孩儿，应该特别留意？

大概有四种，如果遇见，千万别错过。

一是《野天鹅》里的艾丽莎。

你的金钱、地位、相貌，都不会让这种女生动心。因为她早就看破了爱情的实质。要吸引她，你需要具备优秀的品质：责任、忠诚、坚强、善良。

如果能牵手，她对你，无论贫富、美丑、健康与否，肯定都会不离不弃，白头偕老。

二是《胡桃夹子》里的玛丽。

参议员的女儿，善良、美丽、仁慈。她不会因为贫穷或丑陋而轻视、冷落你。但，要想成为她的朋友或家人，必须经过时间的考验。

有她做伴，亦妻亦友，细水长流，举案齐眉。

三是《七色花》里的珍妮。

好奇、攀比、贪婪……犯过种种错误之后，把最后一片花瓣送给别人，这，是菩萨。经历过，依然选择付出、守护良善，和那种"我没谈过恋爱，对你是第一次表白"的女生根本不是一个级别。

如果能娶到她，平淡的日子里会隐着华丽，朴实中充满情趣。

四是《阿里巴巴和四十大盗》里的马尔吉娜。

无论是相貌、胆识，还是心机、能力，她都是女神级别。有她在旁，你的日子想过不好都很难。

所以，今生今世，你只需要做个忠诚、本分的丈夫就足够。况且，这本来就是每一个成为"丈夫"的男人应该做到的。

　　宝贝，不管世界如何繁华，知心人能有一个，就足够。善待生命中的每一朵花。因为情缘有限，即使你条件再好，也不会人人都爱你。记住，即使分手也要温柔，要等人家先转身，自己再回头。因为，有种缘分，是转了一百圈儿，最终牵手的，竟是遇见的第一个人；有些宿命，是第二次结婚，对象，依然是同一个人。

　　男人的世界，天高地广。别为情所困，也别忘了，无情未必真豪杰。

　　只要求你一点：真诚，但，别太痴情。

水晶鞋

俺村，一老妇，60 岁，夫早亡。

寡妇熬儿，苦撑几十年。

其子成人，娶妻、生子。

然，却视母为免费保姆，且嫌弃之。

夏，一日午后，媳妇辱骂婆婆，儿子袖手旁观。

老妇愤而离家，无处可去，独坐村口大树下，哀哭。

一熟人路过，问缘由。

老妇且诉且泣，听者心酸。

"老姐姐，我给你说个去处，咋样?"熟人开口问，"咱村儿有名的'张大财主'，娘死了多年。如今，爹65了，身体不好，需要人照顾。儿子给他在省城买了大房，又托人物色，想给老头儿找个伴儿。说了，最好是本村人，勤劳、健康、本分就中。老姐姐，俺看你就合适。"

峰回路转。

老妇擦擦眼泪，破涕为笑。

…………

儿子听说老娘再嫁且竟然入住豪门，立刻携妻抱子，搭车，去省城探望。

结果，老太太无法原谅，说："俺不认识你，俺没儿，俺儿早死了！"

铁门紧闭，内有狼狗狂吠。

无奈，儿子只有返回。

…………

三年过去。其间，逢年过节，儿都来，娘却一直咬牙不见。

转眼，第四个年头。长大了的孙子，用小手拍着私人别墅的大门，喊："奶，孙子看恁来了，开门，开开门呀，奶。"

人心都是肉长的，何况打断骨头还连着筋。

门，终于开了。

全家团聚。

很快，儿子、媳妇就在省城买了房、购了车，开口闭口都说起了普通话，俨然已是城里人。

就连媳妇的内弟，都跟着脱胎换骨，成为一名省城包工头。转眼，也能命令十来号人。

人各有造化，眼热没用，人家那是前世修来的。

这是一个真事儿，我奶奶活着时亲口讲给我的。

"老太太回来说了，家里的东西多得吃不完。像那过期的火腿肠、牛奶，不知扔了多少。唉，再也不会忍饥挨饿受媳妇气了。"奶奶诉说这些时的语气和神情，相当复杂。

看来，是灰姑娘，早晚都会穿上水晶鞋，不分年龄。

农夫和蛇

初中二年级的一天下午，自习时间。

"大家注意，我给你们讲个'农夫和蛇'的故事。"班主任王老师，不知啥时候进来了。

对于此类"突袭"，我们早习以为常了。只是，此时来讲这个人人都熟悉得不能再熟悉的故事，有点儿匪夷所思。所以，正在低头写作业的我，一边继续，一边竖起耳朵。

一番简略叙述后，班主任的嗓门陡然提升："如今，咱班上就有一条毒蛇，一条我亲自养大的毒蛇。在最关键的时候，咬了我一口！"

不知为何，我的手，微微一抖。难道，他说的，是那件事……

一周前，班主任让我们四个班委去参加了一个由校长亲自主持召开的"学习动员大会"。

会上，动员过后，校长语重心长地说："为了提高教学质量，为了让更多的学生考上好高中，今天，请代表们务必写下自己班里每一位老师教学上的不足。"最后，他特别强调：
"谁写了，谁才能离开。"

认真的我们，经过回想、思考、讨论、总结，逐一且相
当婉转地点评了老师们的"教学特色"。天地可鉴，我们四人
也是绞尽脑汁、惶恐不安，而且出发点完全是为了"提高升
学率"……

清晰记得，班主任是我们最后一个点评的，原话是："上
课枯燥、氛围沉闷。"当时，我们四人都没拿笔。那杆"真诚
书写意见之笔"，还是借来的。

…………

"太可怕了，小小年纪，居然背后害人，这次民意调查可
是直接关系到职称评审！我容易吗？一个初中班主任，天天
被升学率、早自习、晚自习搞得焦头烂额！有意见当面说，
为啥在领导面前出我的相！别以为我不知道是谁写的，字迹
我都认出来了。"

暴风骤雨中，我的同桌，学习委员趴在课桌上小声而无
法控制地抽泣起来。

全班，一片寂静。

"放心，大胆写，我保证绝不会有第二个人看见。"校长
的笑脸再次在眼前浮现。而我的大脑，一片空白。

"必须道歉，深刻反省！"班主任依然沉浸在愤慨和伤感
中，"太不像话了，别以为就这么完了。我会逐一找你们谈，
每个人都要老老实实给我说清楚才行。"

…………

班主任是我的伯乐。对此，我一直心怀感激。因为，从初一升到初二时，我非常平凡，不过是班上排到十来名的成绩。为了不给妈增加提前做晚饭的负担，晚自习前的一个小时，我决定留在班里喝杯水、吃个烧饼夹豆腐皮。于是，默默无闻的我，得以和上课前常来班里巡视的班主任亲切交谈。

从最初的被询问姓名，到真诚鼓励，再到"学习委员"的任命，在班主任的一手提拔下，我深切体会到什么是"平步青云"和"万众瞩目"。

最露脸的，算是语文课上被点名朗读并表演《白毛女》课文开始时喜儿的唱段："北风那个吹，雪花那个飘，雪花那个飘飘年来到。……"

可惜，我这条"毒蛇"太单纯，都初二了，还不知道"提意见"的背后玄机。

结果，四个写意见的人中，三个都被谈了话。谈话回来时都哭红了眼睛。

诡秘的是，王老师和"毒蛇"的对话，始终都没有进行。可是，这条"毒蛇"很识趣。她主动从第二排正中间的座位默默滑走，静静来到最后一排的某个角落，安置下罪恶的灵魂和肮脏的身躯。

整整半年，我几乎都是低着头上语文课。没有一个人，和我主动说过话。

时隔多年后，当年班上的一名男生写信给我，告白曾经

的思恋。可惜，他错失了最佳的时机。否则，"毒蛇"有可能
会早恋。

…………

"祝贺！听说你考上重点高中了，咱班一共录取 5 个。你
的通知书在班主任手里，说让你自己去拿。"暑假的某个上
午，同学送来了让我喜忧参半的消息。

喜的是终于如愿以偿，忧的是"谈话"居然等在这
里……

"别怕，你很棒，又不是故意的，去吧。"我鼓励自己。

于是，身穿黄底黑碎花连衣裙，脚蹬棕色浅口带祥儿皮
鞋，头发乌黑亮泽，皮肤白净，笑容纯净的少女，骑着她的
绿色"飞鸽"牌自行车，沐浴着烈烈阳光，出发了。

来到学校教职工宿舍小院儿门口，我壮胆喊了一声。

班主任，穿着白色背心和墨蓝色及膝短裤，蹬着一双土
黄色拖鞋，出来了。

"恭喜。"

"谢王老师。"

"那件事，给你父母讲了吗？"

"没。"

"为啥？"

"没啥好说的。"

…………

"我相信，你一定会考上大学。有那一天，别忘告诉我

一声。"

"嗯。"

…………

"王老师，如果没啥事儿，我走了。"

"走吧。"

"再见。"

"再见。"

一别若干年。考上大学时，他的话，我记得。但是，没有特意告知。至于为什么，说不清。

大学毕业 10 年后的某天上午，我和妈探望大姨后，回家。过马路时，正凝神看着对面的来往车辆。突然，一个熟悉的身影，入了我的眼。是班主任！他还是穿着那身蓝色的中山装，脚上一双黑色白底敞口手工布鞋，光头，手里提着个塑料袋，里面装着大葱、西红柿、几个鸡蛋和些许面条。

只是瞬间一瞥，我们立刻认出了彼此，而且，都停了脚。

农夫，在路那边；毒蛇，在路这边。

他朝我看时的表情，和当年讲完课文后等我们提问时一样平静。我毫不迟疑地穿过马路，上前和他握手，问好。

…………

如今，同样成为老师的"毒蛇"，深深明白了评定职称的不易。

如今，经历了些许起伏的"毒蛇"，清楚了被亲近的人伤了心是怎样的一种无言。

　　曾经年少过的"毒蛇"，如今，在开会时，再也没有发过言。

路人

夺你性命的，不一定是仇人，有时是路人。

——题记

2015年暑假，某个月明风清的夜晚。孩子们你追我赶，叫着喊着，兴奋地玩着"警察抓小偷"的游戏。大人们则三三两两地坐在不远处的小木凳子上，闲谈。

"普通人可不能随便抓小偷。"邻居李姨突然开口，"弄不好，会家破人亡。"

"咋说？"我很好奇。

"以前俺们住的地方，有个小伙子，人不赖。有回在公交车上，他提醒了一个姑娘，帮她守住了钱包。"

可以想见当时的情形：好心又勇敢的男孩，得到女孩发自内心的感谢和微笑……

我一个亲戚的儿子，就是因为在公交车上帮一个姑娘投了一元钱硬币，化解了她没拿零钱的尴尬，俩人从此相识相恋并喜结良缘。

　　然而，李姨这个故事，却是另一个结局。

　　"小偷被识破后，并没有下车，而是一直坐着不动。这个男孩儿还是太年轻，也没多想。结果，他下车的时候，小偷冷不防地大步跨到车门口，从背后狠命踹了他一脚。"

　　"我的娘，这一脚肯定够狠。不死，伤得也不会轻喽。"旁听的人发言。

　　"到底碍事不碍事？"大家都很紧张。

　　"当时他就昏死在路边了。送医院急救，命保住了，却成了半个傻子。唉，多好个孩子，就这么废了。后来，到了结婚的年纪，家里就给他从农村找来个媳妇。"李姨摇着手里的扇子，赶了赶蚊子。

　　"这不是耽误人家姑娘吗？"正义人士愤愤。

　　"农村妞，为了嫁到城里吃上'商品粮'，也是经过认真考虑后才答应的。"

　　的确，曾经的年代，这是某一类女孩子改变自己"面朝黄土背朝天"命运的途径。然而，一个年轻女孩儿，日夜与傻子为伴，她的故事，注定不会简单和平静。

　　"让人闹心的是，"李姨接着说，"过了几年，这个男孩子的娘差点儿也神经了。"

　　"咋了？"

　　"老公爹，跟儿媳妇睡一张床上去了。"李姨压低嗓音，"她悄悄跟我说，家里出了这样的事儿，真丢死人呐！要不是心里放不下傻儿子，自己早就喝农药了⋯⋯"

一片唏嘘之声。

我，仰头看星星，不忍再听。

垃圾堆里捡来的孩子

当孩子开始问"我从哪里来"时，有一部分家长的思路惊人的一致："你是从垃圾堆里捡来的。"

父母自以为聪明，其实，这个答案对孩子的影响，远远超出了成人的想象。

——题记

"3号是谁？3号来没有？"

"来了，是我。"

抬头看墙上的钟表，上午十点三十五分。

"勇敢点儿，等会儿出来时，就是俩人了。"我深吸一口气，推开了产房的玻璃门。

屋里，有五六个穿白大褂的。

"你的身份证号？"一个年轻的护士问。核对过后，她手指产房正中央的一张手术床，说："把衣服脱了，放在门边，然后走过去躺下，抓紧。"

我一愣，脸红了。从没人告诉过我，剖宫产还有这个环节。要知道，从门口到产床，有段距离。

随身带个床单就好了。我心想，要不改天再来？但很快就否定了自己的犹豫，孩子的时间到了，不能拖延。何况提前预约多不容易。

只是，有个男的，一直在这屋里。而且，他丝毫没有出去的意思。

"同志，"我走过去，"你回避一下吧。"

"不行。"他回答得干脆而坚定，"因为我要给你麻醉。"

怎么不安排个女的？真是，都不为孕妇考虑考虑，毕竟男女有别。

"你不知道？"他仿佛看穿了我的心思，"麻醉师一般都是男的。因为打麻药需要手快、心狠，否则可能会出大事儿。"

…………

"咋还没上床？都几点了，抓紧！"妇产科主任风风火火推门进来，对准备工作的进展情况表示不满。

"宝贝，为了你的到来，妈妈拼了。"于是，在一群陌生人面前，我一丝不挂，迅速走近产床，躺下。

"咔咔咔"，四肢被小护士固定在产床上。接着，有人拿了消毒水擦我的肚皮，随后，一张医用的蓝色床单盖在了我身上。

"翻身，侧卧。"麻醉师吩咐，"这就给你打针了。"

我用余光瞥见他握着一根粗粗的针管儿，里面装满二分之一黄色的药水。

"天哪，恁多？我会不会昏迷？"就在我担心的空儿，人家已经果断出手。但是，很快，我呼吸开始有点儿困难。

"咋回事儿？咋会这样？是不是药量有问题？"此时此刻，我脑子里只有一个念头：孩子可不能出事！于是，我努力挣扎着，尽量保持清醒，同时发出求救："护士，护士，我不行了，不会有啥事儿吧？"

"是麻药起作用了，别紧张。来，吸氧。呼——吸——呼——吸——"

至此我才明白，产床边放的那个大氧气瓶绝非多余。惭愧，第一眼看见它时，我心里竟然有一丝嘲笑：我还年轻，又是剖宫产，绝对顺利，放个氧气瓶是不是有点儿小题大做……

当我的呼吸频率归于正常后，主刀王大夫来到我身旁。她温柔地轻拍我的肚子，同时给小护士发出指示："美容刀。"

话音没落，只感觉一道锋利的凉风在小腹划过，紧接着肚皮一热。"应该是热血吧。"我想，"保佑，刀口千万别太大。"

"放松。"王大夫的轻声细语对缓解我的紧张起到了难以描述的作用。就在我放松的片刻，她的手迅速伸进了肚子，灵敏地掏了三四秒钟。

"抓到了。"她温柔的语调中加入了欣喜，同时，用力往外一掏。

那一刻，我觉得五脏六腑都随着被拽了出来，本能地叫喊了一声。

"恭喜，是个男孩儿。"大家纷纷祝贺。

"孩子怎么没哭？"我脸上笑着，心里却不安。

"把嘴里的东西掏干净，拍屁股。"王大夫的声音，稳定了我的情绪。

"哇！"孩子的哭声相当嘹亮。

瞬间，一股热流从脚底冲到头顶，我心一热、眼一暖，流泪了。

…………

"来，亲亲妈妈。"大约两分钟后，小护士用褥子裹着宝宝走过来，把他贴在我的右脸边。

虽然没有被亲到，我却清晰地感受到了他带来的那股柔柔的热气。

"3号的家属，3号的家属。"小护士走到窗口呼唤，"是个男孩儿，抱好，去三楼踩个脚印儿，留个纪念。"

产房里的空气，包括我自己的心情，都坐在椅子上喝起了茶。

然而，手术却没有结束。因为，刀口需要缝上。

"美容针，准备。"王大夫催促，"麻药劲儿马上就过去，快！"

于是，细细的针尖儿，飞速地在肚子上一扎一扎……

"快了，打个结，剪断线头。"

我心里一乐，太好了，结束了。

谁知……

"抓紧，再换个针，立刻缝肚皮。"

原来，刚才缝的，是子宫。

"能不能快一点儿?"我开始催促。

"放松，你越紧张越不好缝，放松!"

…………

康复后，一切都挺好。只是腹部上的这条疤，无论涂抹
什么高级货，都消不掉;打入过麻药的脊椎，一到阴雨天，
总会隐隐作痛，比天气预报还灵。

…………

"妈，我是怎么来的?"

"你是从垃圾堆里捡来的。"我妈这样回答。而且，为了
加强可信度，她还拉上曾经的邻居潘姥姥作证，"不信，你
问她。"

"真的，你就是你妈从咱这儿新华书店的垃圾堆里捡的。"
剪着齐耳短发，有一双慈祥大眼睛的潘姥姥，认真地告诉我。

她们不会知道，这种回答曾经引发了我怎样的恐惧和伤
心。尤其是当我被我妈重重责罚的时候……

如今，我的儿子也到了懵懂提出这个问题的年纪。

"妈，我是从哪里来的?"

"你是从我的袋子里蹦出来的，就像袋鼠母子。"

"你的袋子在哪儿?"

"暂时消失了。"

"还会出现吗?"

"当然,但是有条件。"

"什么条件?"

"保密。"

如果哪天,他坚持要看看袋子,我想,我会给他看看那个刀口。

中奖

直到今天，我买彩票的次数，不超过 8 回。可惜，从没中过。有时，难免真诚祈求菩萨保佑：让咱交上好运，发笔横财，从此潇洒一生。

可自打听了张姐于 2019 年 1 月 13 日给讲的一个故事，路过彩票店，我的情绪再也没有过太大的波澜。

事情是这样的：

"俺老家有个人，走运，买彩票中了 700 万。"

"这一直都是我的梦想！可惜，从没成真过。"

"好多年前的事儿了，那时候，700 万可是一笔大钱。"

"搁现在也不是个小数。"

"可惜，他命里承受不起。"

"咋？"

"中了奖，他干的第一件事儿，就是跟老婆把婚离了。"

"够直接。"

"老婆没啥对不起他的，生儿育女，操持家务。"

"吃喝拉撒和柴米油盐把曾经的妙龄美女熬得嗓门高了、腰身粗了、脾气大了……可人家不会想你是咋老的,只会看见你成了黄脸婆。算了,变了心的人就像坏了的鸡蛋,留着也没意思。离就离,分走他350万也中。"

"人家精着哩。先离的婚再领的奖金,一分钱也没让前妻分走。"

"原来是个缺德带冒烟儿的。"

"离了之后,他施展了大手笔。租了个楼,准备开饭店。光装修就花了近300万。"

"这是要财源滚滚的节奏啊。"

"谁料,刚收拾妥,政府一纸文件下达,要在他的饭店门口开一条路。"

"好运连连,这下岂不要发大财。"

"老天有眼,是要在他饭店门口修路!于是,栅栏一围,大门一堵。结果,生意惨淡,赔了不少。"

"不怕,还有几百万暖着心哩。"

"可他总算着每天的损失,不好受。结果,有一天喝多了,自己开车回家时撞到了树上,车废了,腿断了。"

"德行不够,升官发财其实都是祸,还不如普普通通平平安安。"

"住住院,治治腿,钱也花得差不多了。"

"前妻和孩子去看他没?"

"反正孩子是不搭理他。700万,人残家破,瞅瞅他混的这摊子事儿。"

"没良心，根基浅，老天爷惩罚了。"

"可不。否则，光利息就够一家子吃花。那小日子，还不是红红火火。"

"黄粱　梦。"

"人要本分，不管穷富，都不能抛弃陪你一起过平凡日子的人。"

阿英姐

"妈，有件事，我先斩后奏了。"

"啥事儿？"

"趁这回咱老家盖房子，我托表妹捎话，让英姐把之前借我们的那一万块钱还了。这不，她打电话过来，要跟你说话。"

一瞬间，老妈神情复杂。但，赞同的神色居多。

…………

电话挂断后，我上前询问："咋说？"

"说了，她没忘。"老妈的嘴角，微微上扬，"16 年了，难得一直还记着。"

"那时候的一万块，可是你辛苦两三年的积攒。"

"人家解释了，说这些年先是死公婆，接着儿女结婚，都是要花费的事儿。"

"是实话不假。可话说回来，谁家不是这几件事儿？谁家的钱又是大风刮来的？这绝不能构成她 16 年不还钱的理由。况且，她的孩子们早就工作挣钱了，花不着她的了。表妹已经把她家的情况告诉我了。"

"当初，你英姐两口子每年八月十五都来家走动。我心里清楚，她这是提前热乎感情，回头好让你爸帮她孩子落实个工作。"

"想得都太简单了，我爸哪有那个本事？其实她应该清楚，公家的饭碗可没那么好端，多少孩子从幼儿园就开始努力了。况且，咱自己家亲戚的孩子还都眼巴巴地等着，我爸提起来就犯愁。难道她不清楚咱的情况？"

"所以，她每次来，我都好酒好饭招待，走的时候，回过去的礼比她拿来的鸡蛋和香油都要值钱。而且，我话里话外暗示她，你爸帮不了这个忙。"

"对，不能帮就说清，也别耽误人家另寻门路。"

"她知道咱的意思后，最后一次来时，开口说想办个小门市部，没有本钱，问我借走一万块。当时，咱也手头紧，可我咬咬牙，借给了她。"

"善良过了头反而不好。估计她是找平衡，工作指望不上你，就找你借俩花花，反正不能白跑趟。否则，八竿子打不着的亲戚，凭啥年年来看望你？"

"别说恁难听。"

"实话不中听。"

"自打借走了钱，两口子再也没来过。起初两年，还打电话说还不上，让我再等等。后来，慢慢就没联系了。"

"无事不登三宝殿。不来往倒好，省得麻烦。"

老妈没再吭声。

其实，我原本不知道这件事。也明白，自己不该插手父母的钱财来往。但是，因为一件事，我决定唱黑脸儿，解决这件让老妈虽没提起却感觉不舒服的旧账。

是这样，我结婚后的一天，无意听到爸妈的一次谈话。

"是咱没通知她，不能怪人家不来。"老妈的声音。

"是因为没帮上她孩子的忙，还恼着我吧。"老爸分析，"可借钱给她做生意，也是帮忙，她至少应该知道感谢。再说，一个小县城，谁家几只耗子都清楚。亲戚们又住恁近，还用通知？"

"这么久都不来往了，即使想通知也没法通知，好像特意让人家拿钱一样。"老妈总是为别人着想。

"所以，她更应该主动来祝贺。"老爸的声音稍微提高，"一万块，如果从银行借，这么些年利息也不少了。要是我，会趁机随个大礼，也是还了人情。"

"别生气。这钱，她还了咱就接着；她不还，咱也不要了。"老妈语出惊人。

"咋恁好说话？"我急了，从屋里来到客厅，"杀人偿命，欠债还钱，天经地义，你为啥不要？再说，借出去的不仅是钱，更是感情！既然她不顾及曾经的情面，咱何必跟钱过不去。我来要！"

"别管闲事，你少掺和！"老妈原来也是会生气着急的。

…………

"说定啥时候还没？"从记忆回到现实的我，看着老妈舒展的神气，知道自己时隔十多年的今天管了一次必要的闲事，而且效果良好。

"说等十月份卖了麦子凑够了钱，就还。"老妈语言虽平淡，但掩饰不住语气里的喜色。

"哪有这么困难？给自己一个台阶下罢了。"我笑了，"虚伪。"

转眼，十一月份到了。

一天，我的电话响起，是英姐打来的。

"麻烦你给恁妈说一声，钱还要再等等，俺妞刚剖宫产。"

"英姐，我也刚剖宫产。"

…………

"昨天你表妹来家，捎来了你英姐还的钱。"十二月份的某天上午，老爸拍了拍我的肩膀说，"我知道，你这都是为了你妈。"

那一瞬间，我倍感温暖。当然，心里非常感谢表妹。因为帮人要账，更难。

如今，我的眼前偶尔还会浮现当年一边揉着粗糙的手指，一边抹着红肿的眼皮，且哭且诉的英姐的模样——"俺咋命恁苦，人家咋都恁娇贵……"

不管咋说，英姐还是要脸面、知黑白的。

不是每个人，都能把从别人手里借走的，再还回去。

姑

　　身穿人造毛大翻领墨绿色皮衣，手拿小灵通的小姑，起身告辞。"占的多，死得早。"一脚门里一脚门外时，她再次转身，给自己的这次探望做了简短而狠辣的总结，"你们都别太难过了，上岁数的人了，当心身体。"

　　姑父一边让我们留步，一边安慰："别送了，回吧。"

　　返回，关上门后，老爸明显疲惫。缓缓坐下后，他长长叹了口气："老张家的这俩闺女，唉！"

　　是这样，春节前，我大姑去世了，肺癌，才60多岁。从检查出来有病到走，不超过俩月。

　　噩耗传来，我们全家已去南方过年。由于大雪，火车票、飞机票都订不到，无法送她最后一程。老爸在异地大病一场……

　　说实在，大姑得癌症，出乎所有人的意料。

　　她小学文化，在家门口做了一辈子乡村小学教师。由于只有一个留在外地工作的弟弟，她嫁人后依然住在娘家。虽说男人是大学生，学问上超出她一大截儿，但却很稀罕她。因为她又白又高，还是个老师。虽说有仨孩子，她也忙得没个闲工夫，但有娘帮着带孩子、做饭，有爹帮着种地、打粮、喂牲口。这份福气，不是谁都能有。生活滋润、心情舒畅的她，每次村里的供销社进了新布，都是头一个去买了做新衣裳的。

必须承认，她是有造化的。

别看就这一个弟弟，不仅不和她争宠抢利益，反而是个光宗耀祖的本事人。这不，不仅帮她的两个儿子安排了工作，就连两个媳妇，也都借了东风。如此一来，她的日子越发如意，毕竟又多了份人前的光鲜和荣耀。

要说辛苦，也是有的。因为自打两个孙子和两个孙女出生，她开始奔波于两个儿子的家之间，每天披星戴月，忙碌了将近十年，挺不容易。

她生活规律，饮食健康，从不抽烟喝酒，加上家族有长寿基因，咋着也该活个 90 多岁。同辈儿的人里头，日子过得像她恁称心的不多，说啥也没料到她能先走。

她这病，起初被当成了感冒。因为身体一直都很好，她本人和家人，都没把小咳嗽放在心上，不过是到村里的诊所抓些药。结果，断断续续咳了半年多，一直到有血丝出现，才跑到郑州的医院。

和我奶奶——她亲娘比起来，她少活了近 30 年的时光。这的确是个不小的遗憾。

然而，和大姑的安逸人生比起来，小姑的波折遭遇让人不得不感叹：真是龙生九子，各有各命。

小姑是跟着她爷爷长大的。她爷爷，是我爷爷的亲叔。两家宅子挨着，住屋前屋后。

其实，小姑童年时，还是幸福快乐的。那时，爹娘都在身边。后来，小姑的爹去很远的外地打工。攒够了钱和路上吃的干粮，他和同乡结伴回家。结果，同伴回来了。他的去向被解说为"半路跑了，不知去了哪儿"。

难道，他有相好的，或者，又接着去打工，想等挣了更多的钱再回？

种种猜测中，有人难免怀疑。只听活着回来的这一个人说到底发生了啥，只有天知道他说的是不是真的。别是图财害命吧？不排除，有可能是一场谋杀。可是，无凭无据，也不能冤枉了好人。但是，一个大男人，就这么活不见人，死不见尸了……

在悲痛和疑惑的双重煎熬下，小姑还年轻的娘，不告而别。

从此，只剩相依为命的爷孙俩。

长大成人后的小姑，嫁了个不错的男人。不仅因为她年轻时水灵，还因为她依然有着相当不错的家底儿。姑父有文化，高高的个儿，白白的脸儿，笑起来很和气。俩人生了一个儿子，小日子过得很是美。

可惜，这一切，却被一个门槛儿给打碎了。

一天中午，做了一上午农活的姑父扛着锄头回到家，跨门槛儿时，不留神被绊了一下。结果，人和锄头一起倒下去，而他的脖子正好碰在锋利的锄头刃儿上……

从此，年轻的小姑成了寡妇，她的儿子，才6岁。

"还不是她家迁坟破了风水，要不，这日子过得正红火，咋突然接二连三倒霉。"有人议论。

"听说，老坟挖开后，挪动棺材时，发现那底下有个小水洼，里头有条绿色的小长虫。结果，一个小孩趁大人不注意，用棍子挑起来，把长虫摔死了。"

"怪不得，那可是'宅神'，保佑人的。弄死了，灾可就要来了。"

七嘴八舌中，没啥文化，没有工作收入，只有下地干活的小姑，开始了"上有老下有小"的艰苦日子。

一个女人，还年轻，毕竟不能就此独身一辈子。可是，这边儿家里人正给她操心留意。那边儿，她又嫁了。嫁的，是街上一个30多岁还没娶亲的男人。有人说，小姑是被她第一个男人家的叔给骗了，她是被卖给第二个男人的。到底如何，她始终没说过。

这个姑父，没爹没娘没工作，中等个头，不白，大眼。

婚后，接二连三，小姑生了五个孩子，一男四女。加上前夫的儿子，一共六个孩子。

"傻，生恁多做啥？也不想想，这一辈子你还有没有好时候了？"很多人这样说她，"本来就穷，连罚款带养娃，屋里啥也置办不下。"

小姑的爷爷需要人端饭伺候时，她正身处再嫁后怀孕生子中，没法照顾老人家。于是，她和我爷爷奶奶商议，谁给她爷爷端饭送终，老人的宅子就归谁。

最终，这宅子归了我大姑。

"姐，饭虽然是她端的，但做饭的不全是她而是俺大娘，你婆婆。俺爷下葬时，是俺大爷，你公公摔的盆。论理，这宅子该归你和俺哥。退一步，也该她和你们平分。一个嫁出去的人住娘家，已是沾了弟弟和弟媳妇的光，咋还没完了！"小姑在电话里愤愤不平，"当时，我就劝你和俺哥请假回来伺候俺爷，你们不回，难道宅子不值钱？"

"你哥不愿意跟她争，人家可是亲姐弟俩，又有爹娘在后面默许着，我做那傻子干啥？"我妈说。

"你也真是，太好说话。要是我，非把她骂得卷铺盖滚蛋！"

"你哥是敞亮人，也要面子。他就这一个姐，闹翻了也没意思。"

"要不是她这一窝子，你能孩子没人带，吃花都是自己挣？她就是个兄弟，爹娘的东西和帮衬也要平分。抢弟弟的利益也太过头了，咋好意思！"

"一个人一个命。我有工作有工资，不差钱。而且，孩子自己带也好，将来不遗憾。再说了，娘疼女，天经地义。"

小姑和我妈关系不错，所以还能唠两句。

其实，论关系亲疏，我妈应该和我大姑更近。当年，和我爸定亲后，我妈乐滋滋于"他只有一个姐，以后多个帮衬人"时，我姥姥平静且慢条斯理地说："傻女，先别高兴。那个姐，依我看，将来就是个'气包子'。"

事实证明，过来人看得更通透。

娘疼女，天经地义。可我奶奶疼女，堪称典型。估计这和她自己打小没了亲娘，一直活在后娘的冷眼冷语里有关系。她只有我爸一个儿子。可她命好，儿子有出息。她生病住院，亲朋都去探看，拿来的各色食品堆得老高。

"姐，这些年你照看娘辛苦，这些东西我也不往回拿了，你带走给孩子们吃吧。"我爸很大方，早就忘了当年自己去东北入伍时，工资拿到一个月40块、全家在岳母娘家长期安营扎寨的姐夫，一分钱的心意都没表示。

不过，奶奶还是有一件事做得很让人感动的。去世前，她对来到床前的我爸再三嘱咐："我的地卖了，总共两万块。一万给大峰（她大外孙），另外一万，你一半儿，你姐一半儿。钱在你姐手里，可别忘了给她要。"

要说，奶奶这一生给大姑的只多不少。多大的利益，都让大姑得到了，何必临别时在这五千块上如此认真？

这个疑惑，被奶奶带进了坟墓。

"这是你奶给你爸的，拿着吧。"奶奶去世后的第一个清明，我和爸回老家上坟后，留在大姑家吃午饭，她拿出一个小纸包，说，"卖地的钱，本来是5000块。但你奶去世前输了次血，花了 2346.5 元。所以，还剩 2653.5 元，全在这里了。"

"拿着。"我正想推辞，坐在一旁的老爸开了口，"是你奶奶的意思，一定要收下。"

也是，既然姐算得恁仔细，当弟弟的，也没必要再客气。

我接过来，将有零有整的一沓钱，放进了随身的手提包。

…………

我妈对我小姑不赖。有回，她说我妈穿的一件衣服好看，做嫂子的当即就脱下来送给了她。还有一次，村供销社进了一种黄底儿小白花的棉布，她相中了，去看了几回也没舍得买。于是，我妈毫不犹豫地扯了一块儿给她做了件新衣裳。

除了这些，我妈还借钱给她，而且不催着还。

听说，我爷爷去世前，小姑来床前探望。爷爷睁开眼，看到是她，吐字清晰地说："借你嫂子的钱，抓紧地还了。"为此，小姑大哭一场。估计多半是哭自己可怜的身世和处境。否则，欠账还钱天经地义，哭个啥？

自打她再嫁，我只见过她三回。

第一次，是他男人和村支书公然闹别扭。结果，人家的儿子和侄子发了狠，当众把他捆在树上并往嘴里灌屎尿。他气得差点儿变成神经病，非要打官司讨说法。她劝也劝不住，就来家诉说委屈并请求帮助。后来，事情总算妥善解决了，但他的神经也不正常了相当一段时间。一个女人，拖着六个孩子，地里、家里忙个不停，还要看护一个半疯的男人，真是命苦……

第二次，是她的大儿子有天突然独自来到我家，初冬的时节，孩子却穿得过分单薄。再三问他，终于说出后爹因为小事打骂自己，实在委屈，就跑了出来。那天，我妈恰巧做了包子。他到的时候，包子刚好出笼。只记得，正是长个子的他一口气吃了四五个。为了让他吃得从容，我跟我妈都从客厅回到了各自的房间。当天晚上七点左右，她风风火火赶来了。进门之后，一边指责儿子不懂事，一边泪流满面。几年不见，她衰老得让我吃惊：上身是件半旧的灰绿色的确良褂子，下身是条奶奶样式的粗布黑裤，脚上是一双带袢儿的黑布鞋，小脸儿又瘦又黄，头发干枯杂乱，乳房下垂，皮肤松弛……夜里老晚，还能听见她和我妈说话，中间夹杂着低低的抽泣声。第二天一早，娘俩就回去了，说是地里的活儿和一大堆孩子都等着，耽搁不起。

第三次，是我生了孩子在娘家休产假，她来送了个200块钱的红包。做了奶奶的小姑，留着短头发，脸色依然发黄，穿着件暗蓝色的棉袄，脚蹬人造革棉皮鞋，精神头还不错。

吃过午饭，坐下聊会儿家常后，她突然说有事要麻烦我妈。原来是她大儿子的小商标印刷厂要扩建，资金周转不开。

这回，我妈没有借给她钱。至于以前借的还没还，我没问过。因为，那是她们之间的事。

"俗话说救急不救穷。"她走后，我妈说，"如今，你小姑家的日子也中了。大儿子挺争气，先是给别人打工，摸着门路后就自己当了老板，娶妻生子，站住了脚。其他的孩子也都长大成人，各自有了出路。老两口前几年去南方打工，也挣了不少。"

"这么多年，都是你在帮她。所以，她总觉得你比她钱多，从不觉着咱挣钱同样不容易。也不知她这回生气没。毕竟，被拒绝的滋味儿不好受。何况，有太多人，你帮忙十回，第十一回没帮，就和你反目结怨。"

"应该不会。"我妈一直认为别人和她一样通情达理、热情善良，"我还让她回去和家人商量一下，和我一起去郑州帮你带孩子，管吃管住，一个月再给她1500块。"

"真如此，再好不过。她家里应该能答应，除了大儿子有个孩子，而且也大了，她目前正好空闲。"

我们娘俩，为能找到个合适的亲戚帮忙而欣喜。可惜，我妈唯一请她帮的这个忙，她没能帮。

"嫂子，俺媳妇不同意，我实在没法。"电话那头，小姑的声音里带着哭腔。

"你不会跟她说，每月还有钱挣?"

"说了，她不乐意。说她的孩子离不开人，不让我走。"

"你硬走，她能咋的?"

"媳妇强势得很，我斗不过。你不知道，在家一会儿看不见我就骂。说实话，我就是累死都没人心疼哪……"

"你们两口子不也去深圳打过工，为啥现在就不能来帮忙了? 这辈子我可能就跟你开这一回口。要不是我自己身体不好，没本事独自照顾小奶娃，咋着也不会麻烦到你。"

"嫂子，真没办法，我实在不能去。"

"那行。既然如此，咱就断交！权当没有这门亲戚，以后谁也不认识谁。"

…………

我理解我妈为啥如此决绝。这么多年，她对小姑几乎有求必应。

"是不是嫌给的少？"我妈寻思。

"不少了。包吃包住，再给 1500，你还一起跟着，累不着她。估计是不方便收你的钱，可人家又不乐意白出力气，所以就找了个借口。算了，别计较。"老爸洞明人心世故。

"太不够意思了！"

"人不为己天诛地灭。你帮是你乐意帮，人家不来是不想来。"

"我跟她绝交了，再来往太没意思。"

"说你傻你就傻，这么多忙，算白帮她了。"

"咱做好事，菩萨知道。她不还人情，就不信心里没愧。"

然而，绝交没能一直持续下去，因为我奶奶去世了。家里的亲戚们，不可避免地在葬礼上又见面了。

葬礼过后，爸妈谈起又见到小姑时的场景：

"反正我是一句话也没跟她说，她也没非要和我说话的意思。"

"送走客人后，我回厨房收拾'刀头'（参加葬礼的人拿来的肉，一般都是小方块形或长条形），小屋子又黑又热，她

就在门边儿一站，不吭声，也不走。看她一眼，她就怯怯地
点个头。我一寻思，明白了。于是，捡了块大的递过去，让
她拿回去给孩子包顿饺子吃。她连推辞都没推辞，双手接住，
转身走掉了。"老爸毫无保留地说。

"人穷志短，都绝交了，还好意思拿肉。"老妈骨头一直
都硬气。

"人家早不差钱了。可关键是肉香，不吃白不吃。就好比
钱在地上，难道你不去捡？"

"要是我，就不接、不捡。"

"你傻。"

我在一旁听着，心想，说恁多干啥？还不是自己心软？
绝交了还给她肉做啥？人家就是吃准了你是个好人。

小姑和第二个姑父生的孩子中有谁出息了，我不清楚。
我只知道，小姑的大儿子还是有些小本事的。他成家后的第
二年的春节，开着自己的小中巴，拿着礼品，来家看望。其
中，用木箱装的四瓶红酒，给我印象深刻。而且，见到我怀
中抱着的孩子后，还给了个 200 块钱的红包。我推让了几次，
他仍坚决让我收下。中午留他吃饭，他也大大方方坐下吃了。
饭后闲话，他大略说了这些年独自在外闯荡的经历和感触。

看着他白白瘦瘦的小脸儿，我很想知道他对自己的爹是
否还有印象。

小时候，有次和爸一起回老家过年，我亲眼见证了他的
一次危险经历。当时，他只有四五岁，淘气地把一根火柴放

进了自己鼻孔装大象。结果，拿不出来了，越急火柴越往里面去。围观的小孩儿都吓坏了。最后，还是他亲爹赶来，一把抱住他，把他仰面放在地上，用个镊子轻轻、慢慢拖出了那根沾满鲜红血渍的火柴。危险解除的瞬间，他嘴一咧，哭了。

时间真快，转眼，他也是做爹的人了。在我妈跟他妈绝交后的那一年春节，他陪着继父来家里探望。我妈热情招待了他们爷儿俩。

直到我大姑去世，小姑全家登门来，我妈才和小姑又说话。

人在江湖

　　江湖无小事。就拿我端的饭碗来说，发人深思的时刻，莫过于寒暑假前的监考。

　　为啥？

　　因为监考的，在某种程度上，比考试的都难。你管吧，要有个度，而这个度很不好拿捏；你不管吧，职责所在，又实在不好意思两眼朝天。

　　一句话，不容易。

　　"现在不比从前，大学生毕业不再分配工作，都是自谋职业，孩子们不容易。对那些不老实的，站身边儿敲敲桌子就中了。"老妈再三教育我如何做人做事。

　　"当心些，有些学生早就社会化了，搞不好会打你黑棍。"孩子爸爸比我了解社会人心的险恶。

　　亲人的教诲，加上听说某位老师因为现场连抓四个作弊的而没有得到相关领导的赞扬后，我调整了监考时的心态和策略，效果相当不错。

据我细心观察，考场大概由以下几个帮群组成：

一是"实事求是"帮。是这些顶梁柱，撑起了"考试制度"的存在。否则，不敢想象。

二是"鲁莽"帮。该帮成员性情直爽，动作夸张。比如，将一整张写满字词的大纸垫在试卷下，大方翻看，神情之坦然、胆气之足壮令人瞠目。

三是"贞子"帮。女生撑起了该帮的天空，标志性动作是长发遮脸且半个身子倾斜着几乎趴满三分之二的桌面，仿佛众多日本恐怖片里从井中爬出的贞子再现。在黑发搭建的狭窄空间和幽暗光线下，只有沙沙的写字声。远远看去，纤细的身段、诡异的姿态，以及将近两个小时都不抬起的头，真让人感到阵阵寒意。

四是"劈腿"帮。此帮有男有女，经典动作是大腿一张一合，就像大蚌。而"珍珠"就是用透明胶带粘在大腿内侧的纸条或手机。绝技在手的蚌蚌们视考场老师如无物。因为监考人不论男女，没谁能泼辣到成为"掏裆帮"。好在，大腿内侧空间有限，否则，该帮将独领风骚、一统江湖。

五是"低头看胸"帮。注意，是看他们自己的胸，而非其他。不论热天冷天，该帮成员都会穿着阔大的外衣，并大敞着怀。有的把纸条粘在外套的内衬上，有的把答案按照所穿毛衣或T恤上的图案形状抄写并粘贴，心细手巧的，都能达到以假乱真的效果。

六是"黑手"帮。这个招数太老套，出彩的地方是，他本人情急之下忘了自己手黑，高高举手，向老师讨要少发了的试卷，或者询问印刷不甚清晰的地方。

七是"暧昧"帮。先答好题目的人，假装检查，将卷子放在左上角或右上角，以便身后的人学习借鉴。友谊之光，让双方不用看到彼此的眼睛，就能体会到那份深深的情意。尤其是一前一后是一男一女时，那种默契和心有灵犀，让空气都充满了甜蜜。

八是"长袖"帮。一般都是左袖子长得过分。答案被精心地一排排贴着，拉开一看，一层一层，如同一圈圈儿密密麻麻的鱼鳞。

九是"洗手"帮。找借口去厕所，趁机看下纸条或手机截图。结果，一句"去可以，交卷"，立马包治所有关于肚子的疑难杂症。

十是"铁臀"帮。一直坐到最后，自以为老师总有疏忽放松的时候。殊不知，树上的果子多时看不过来，可只剩一两个时，不用看，它自己就很打眼儿。更何况，由考试刚开始时的冥思苦想突然变成快结束前的奋笔疾书，这份灵感的来源，发人深思。而且，自作聪明者嘴角那抹不经意的微笑，也充分证明，这绝对是由地下动作所带来的欢喜。

其实，每个监考老师都是心里怀着个"恻"字来到考场的。"恻"，一半是"爱心"，一半是"原则纪律"。

独子

上初中的时候，院儿里有个傻子。听说不是先天的，是得了小儿麻痹症造成的。所以，没有傻透。他的头很大，因为身子太瘦，两根麻秆儿一样的腿，一直盘坐在垫子上。冬天是棉垫儿，夏天是凉席。都十来岁了，还说不成一句完整的话，含混的呜呜声，加上手势，他才能简单表达一下自己的想法和要求。

其实，仔细瞅，傻子长得不丑。黑长的眉毛，双眼皮，大眼睛，鼻子端正，嘴也适中。

"唉，要是健健康康的，多好个孩子。"有邻居感叹。

傻子有俩姐一个妹，仨妞都是瘦高身材，细长眼，肤色微黄。针尖儿似的高跟儿鞋，一把搂的小蛮腰，长长的头发辫儿，大红色的指甲油，是她们统一的特征。要是不仔细区分，总觉得是一个人。

傻子爹是普通单位的普通员工，高个儿，小眼儿，微黑。傻子娘中等个头，胖瘦适中，双眼皮儿，黄黄的脸。傻子的相貌，随娘。

白天，只要不下雨雪，傻子都会被移出屋子，一直到天黑，都坐在楼前透气见风。他家是一楼，爹娘岁数不太大，身体也好，搬动他不算太费力气。后来，他家在楼前，贴着楼的最西边儿盖了两小间平房，门朝东。傻子，就此住在了那里。

"臭，尤其是夏天，味儿更大。毕竟恁大个人，屎尿都不能自理。"有人说，"挪出来也好，省得腌臜一大家子。"

也是，傻子家的房子，两室一厅，够挤。

从此，天黑后，偶尔能看到一束小小的光，那是傻子眼睛里的白眼珠。

院子里有胆大的孩子，走近前去逗他。我胆小，都是远远地站着看。

有次，夏天的傍晚，小伙伴们玩捉迷藏的游戏。鬼使神差，我竟然躲进了傻子的小平房里。当时，门还没装上，好像他也没在屋里。即使如此，我还是反复确认，搜寻若干次，吃定屋里没人，才脚软身虚地进去站了片刻。

…………

初中就有晚自习了，九点才放学。骑车回到家，都快九点半了。

院子大铁门的中间又开个小铁门，方便晚上下班、放学的人进出。

每次晚自习散后，临近铁门，我都提前下车并心情紧张，因为傻子的小平房紧挨着院子大门。只要有动静，垫子上的黑影就会发出嗤嗤声。如果没有心理准备，肯定会被猛地吓一跳。

然而，这种担忧和惊扰，在我某年开春后的新学期头一天，结束了。

原来，那年春节时，傻子娘的娘家有事，她回去了十来天。

结果，返回后，才知道自己的儿子死了。

傻子，是饿死的。

傻子的爹和姐妹们说，因为年关事多太忙，忘了给傻子送饭。

玉兰

"酒虽好，可惜瓶子倒了。"

玉兰还是小姑娘的时候，一次被爹抱着赶庙会，有个算命的人看到她，意味深长地说。

"讨厌！"玉兰爹嘴上没说啥，心里很不舒展，"瞎掰个啥，不会说话。"

…………

玉兰长得俊。

咋个俊法？皮肤白皙，身量匀称，双眼皮儿大眼睛，两条乌黑发亮的大辫子，一笑，一口整整齐齐珍珠般的白牙。

玉兰长得好，爹又是乡村银行里的会计，有文化，拿稳定工资。于是，打小儿，玉兰吃穿用度都比同村同龄的女孩子要好得多，并且小学毕业。

大家都说，这样的闺女将来准能嫁个好人家。

到了婚嫁年龄，玉兰和姨家表哥定了亲。

表哥长相帅气，还是大学生。两家知根知底，又是亲上加亲。这样的姻缘，打着灯笼也难寻。

接亲那天，玉兰坐的是八抬大轿，穿金戴银，排场非凡。

帮忙送新人的亲妹子到了玉兰婆家，给了两个袁大头，小女孩儿稀罕了好长时间。

嫁了好夫婿的玉兰，从此离开小乡村，到了陕西宝鸡。

由于男人能干，在大部分家庭以拥有一台黑白电视机就荣耀无比的时候，她家屋里已经摆着"三大件"……

日子红火的玉兰，有仨孩子：两女一男。

除了当初由于习惯性流产而掉了几个孩子，她的人生，至此，可以说是美美满满。

然而，人生的转折突然不期而至：男人被查出患有食道癌，还是晚期。此时最大的女儿初中还没毕业，最小的女儿还在上小学。

男人不久就去世了。没有工作的玉兰，在亲人的帮助下办完男人的丧事后，带着孩子，回到了自己长大的乡村。

为了分担压力，也为了让孩子有个前程，玉兰的妹妹把最大的女孩儿接到自己家。

这个妞，在姨家一直住到出嫁。

刚结婚时，由于男家暂时没有买房，小两口就住在姨家的老房子里，孩子也是在那里出生。

"为了俺姐，也为了孩子，咱尽力就是了，没爸的孩子，不容易。"玉兰的妹妹如是说。

玉兰带着儿子和小女儿，跟弟弟一家住在一起。

"看人家姐弟多亲。"亲戚邻居们感慨道，"虽说没了男人，总算有弟弟和妹妹帮衬，也算有个安慰。"

没有经济来源的玉兰，衣食花费全靠男人留下的财产。只是，顶梁柱三十多岁就撒手走了，即使生前再能挣，也不会有太多积蓄，何况还要养仨孩子。只出不进，难免要拮据些。

从文化古城到无名乡村，从吃花宽裕到节俭控制，体会到这种改变的玉兰，个种滋味和感触，只有她自己最清楚。

据说，玉兰的公公曾是一名警卫连连长，后来不知为啥被撤了职。回到乡村老家后，娶了个年轻漂亮的女人。可惜，一直没给他生养。于是，他就在自家哥哥众多的儿子里挑了个聪明漂亮的，过继过来当儿子。这个被选中的男孩儿，就是玉兰的丈夫。小男孩儿读书识字，开了眼界。他自己也争气，考上了医科大学，光耀了门楣。可是，就在他大学即将毕业的时候，养父得了重病，养母默默收拾了家里的财物细软后不告而别。他只有四处借钱替养父看病，尽孝床前，为老人家送终。

可惜，玉兰丈夫这么好的人，老天却没能保佑他长命百岁。

玉兰没了丈夫时，也不过三十岁多些。丧事过了三四年后，有热心人替她张罗，都被她一一拒绝。也是，嫁过那么好的男人，再找，也很难再有超越，何必给自己徒增烦恼。只是，这么好的玉兰，年纪轻轻就守了寡，难免太可惜。

无论世事如何变换，时间，总是一直向前。玉兰的三个孩子纷纷长大成人，陆续就业、成家、生子。只是，玉兰唯一的儿子在有了一个儿子后，两口子离婚了。当初他找对象时，长辈已反复告诫：一定要找个有工作的，过日子很现实。何况，他能在县城医院里上班，还是姨夫费了不少功夫才办妥的。可惜，家世的变化没有让这个男孩子成熟，他偏心自己的审美，找了个漂亮却没有职业的女孩儿。结婚时，出于喜悦和对新生活的憧憬，他想把婚房按较高的规格装修一下。可惜，经济有限。于是，他就由母亲陪着，去爷叔辈家里借钱。

"孩子舅舅知道这事儿不？他舅让借咱就借，他舅不说话咱不能借。"听说，他爷叔们这样回答。

辗辗转转，娘俩来到玉兰妹妹家。

为他操碎心的姨妈、姨父，先是见他不听劝告只冲脸蛋儿和身材找媳妇已是失望，接着听说他不懂日子艰难，到处借钱去收拾新房，既生气又心疼。结果，姨妈不仅没借钱给他，反而说了让他心里不舒服的话。从此，他再也没登过姨妈的家门。

看在死去的姐夫的分上，看在亲姐姐不易的分上，玉兰的妹妹和妹夫并没有计较。

"要不是姨妈和姨父，他一个月能拿几千块工资？在县城，这收入可不少。"

"要是听话，找个有稳定工作的女娃结婚，小日子还不是稳稳妥妥，娘也跟着放心了。"

"都是命，有人养儿享富贵，有人养儿操碎心。"

众说纷纭中，玉兰的妹妹和妹夫从不接话或评论。

听说，离婚后去了南方打工的玉兰的媳妇往家打过电话。估计是想孩子了，也可能是她独自在外知道了过日子的艰难，曾经的温暖和美好让她拨通了熟悉的号码……

还听说，为了让表嫂和表哥和好，玉兰弟弟的女儿还特意给俩人约过局。可惜，缘分尽了，谁也没法。

"都有孩子了，也有房子，男人一个月也几千块，平平安安过个日子多好，折腾个啥？"

"还是年轻，把啥都看得容易。其实，啥都不容易。"

"看在孩子的面儿上和好算了，有啥仇非离婚，孩子最可怜。"

外人，永远看不到，也猜不透每一场分手背后的真实原因。

按说，一个略有姿色而没有工作的女孩儿，能嫁给有房有收入的县城医生，应该安心过日子了。是啥，让她如此决绝？难道，她嫁过来最大的期望是想让男人的姨夫帮着找个工作？难道她不知道，姨夫早就给家里所有的孩子都提前说过，一定要找个有工作的对象……

可能是婚后尤其是添了孩子以后的生活琐碎，让她逐渐消失了曾经的激情吧，但，哪个婚后的女人不是经历了同样的折磨和幻灭而成长的呢？虽说压垮骆驼的，往往是最后一根稻草，但生活的经验告诉我，一个人最终离开另一个人，是因为当初接近你时的最重要的目标没有达到。

…………

"原来，安排个人是真难。"有次，玉兰的大女儿陪着一个想托她姨父帮忙的人去姨家，听姨说了许多找工作的不易后，由衷感叹了一声。

别说落实个工作，这世上，哪件事是容易的？

如今，她自己也是做娘和做姑姑的人了。事实证明，她和她男人都不能给自己和弟弟的孩子安排工作。所以，她逐渐明白，她姨父虽然有些本事，但终究不是神仙。她也终于清楚，她弟媳一直没有工作，绝不是她姨父不肯帮忙。事实上，为了亲人和亲人的孩子们，姨父的人情和脸面，早已使尽了。

所以，懂事了的她不仅逢年过节、过生日来看望，而且平日里不定哪天就来了。来时，总会带来两只"桶子鸡"，因为她姨曾经说过："这种熏鸡的味儿，不赖。"

…………

"一个男人，再疼孩子，也有照顾不到的地方。"有次，玉兰感叹，"春节前我回老家去，见孩子手上有水泡，问是咋回事儿。说是他爸熬了米粥让喝，自己急着用手去端，碗太烫，就起了泡。"

为了这个唯一的孙子，玉兰没少挂心。曾经，她想把孙子接到市里住，祖孙俩单独租个房，即使辛苦些，也要让孩子接受好的教育。

"姐，你只想到了一层，没想到另一层。"妹妹劝她，"别说你都快七十岁的人，精力和体力都有限。就是再年轻十岁，你也未必能操持过来。虽说孩子来到这儿，咱们都会疼他。可眼见人家有爸有妈，要啥买啥，他难免会对比。一旦对比，就必定会伤心、失落。如果他争气，从此发奋；如果不懂事，反而自弃颓废，万一这样，你只会更难过。"

于是，玉兰就一直在大女儿家住着，再也没提过接孙子的事儿。

起初，大女儿家在离市区不远的庄子里买了块地，自家盖了带院子的楼房。玉兰出门散步，和邻居唠嗑都方便。后来，政府拆迁，她就随着去了大女儿曾经的老房子里居住，六楼。由于血压高，又略胖，玉兰很少下楼。家里人都很担心她的身体。

后来，玉兰的妹妹住的小区里，有家二楼朝阳的房子要卖。正好，玉兰的大女儿也正想买房。电话一通，立刻过来看了，相当满意，当时就决定买下。

"这下好了，老姐俩随时见面，天天都能坐太阳底下一起晒暖儿。"玉兰的妹妹心里高兴，两眼放光。

可惜，美好的憧憬，没能成真。

好在，玉兰的身体在孩子们的照顾下，一直不错。慢慢地，还能上下六楼了。

今年，玉兰的大外孙女考上了护理专业的研究生。玉兰的孙子，也被一所大专院校录取，双喜临门。

鲤鱼跳龙门

"回头，咱家山子也找个'富二代'，有钱真是好。"小山的姥爷感叹。

"爸，您可一向秉承'万事靠自己'的信念，如今这么大的转变，真是出人意料。"小山妈笑了。

"年纪轻轻，郑州一套房，洛阳小别墅，开着宝马车，还有岳父的生意等着去打理，这就叫命好，前世修的。"小山的姥姥感慨良多。

被大家羡慕的这个主人公姓左，来自农村，弟兄六个，他排行老五，大家都叫他"左老五"。娘不在了，爹也没工作。当初养活几个男孩子，全靠老两口在乡里开个小店，卖种子和化肥。他自己争气，学历是硕士研究生，历史专业。小伙儿眉清目秀，身高 1.78 米，英俊帅气，很引人注目。

可话说回来，一个农村孩子，家境一般，专业一般，想找个好工作已是不易，更不敢奢望婚姻上有啥奇迹。可是，一个人一生中重要的三个人，他都占全了，运气想不开挂都难。

哪三个人？

亲人、恩人、媒人。

除了爹娘的生养之恩，他的大哥和三哥，分别在他高考和考研时给予了他力所能及的鼓励和帮助。走出校门后，虽然是个研究生，可和其专业对口的职位却不多。因此，即使简历投到离家较近的一所地市级高校，人家的人事部门也并没有太大的热情。

有福之人不用忙，事情的转机来了。

他三嫂的姑父，也就是小山的姥爷，有个熟人在省会的一所高校。于是，左老五顺利就业了。

到此，好事儿不过才刚开始。

工作两年多后，所在院系的书记给他介绍了一个对象。人家是独生女，比他小四岁，父母以前是高知，后来双双下海，从卖热干面开始，到研制出纯净水净化技术，最终买地建厂，财源滚滚……有缘千里来相会，据说姑娘一眼就相中了他，而且不嫌他穷。

"俺只一个闺女，就想找家里哥儿们多，不全靠一个孩儿的。穷些没关系，只要没大负担。"姑娘的妈说，"女婿最好能说会道，将来也好支撑起家里的门面。"

巧得很，这些要求，他全符合。

恋爱谈了一年多，传来喜讯，要结婚。新娘没张口要彩礼，只是提出想搞个像影视剧里那样的"草坪婚礼"，浪漫。

可就这唯一的要求，简单一算，也要花费几十万。

后来，听说女孩体谅他的不容易，草坪也不提了，只需请亲朋吃顿饭庆祝一下，就中。

"瞅瞅左老五的福气，千金嫁过来，愣是不花他一分钱。"有熟人感叹，"要是他娘还活着，不知能乐成啥样。"

左老五的娘是 60 岁上去的，肺癌。人高马大、嗓门洪亮、走起路来脚下有风的一个结实女人，谁想到她能突然倒下，而且再也没能站起来。

"老太太抽烟，还是老土烟，估计损伤了肺。"

"也是个辛苦命，想想六个儿子，操的啥心！身体早透支了。"

"没福啊，再多活 20 年，净是享福了。眼看儿子们都长大有了出息，尤其是老五，结上了富人，吃花不尽哪。"

…………

左老五的媳妇，是个朴实、和气的人。就像人说的那样，越是没钱的，越捯饬得花枝招展。人家钱怎多，却偏偏衣着朴素，不化浓妆，不傲气凌人。

左老五，真有福气。

婚宴上，左家请了各路人物捧场，只是没有请三嫂子的爹和娘。论理，如果不是三嫂，三嫂的姑父凭啥给你家左老五帮忙？请上三嫂的爹和娘，不仅两亲家之间加深了感情，连感谢你三嫂和三哥的意思也有了。

结果，若干年后，三嫂的弟弟娶亲，也没请老左。

"你看看，你家娶儿媳妇，咋也不喊上咱。"有回见面，老左先开了口。

"不是没想到。"三嫂的娘笑着说，"你家老五娶媳妇没叫俺，俺有喜事也不便请你，情和礼都没法还。"

看来，人混江湖，光有钱，远远不够。

左老五的媳妇家里有钱，本人也是个硕士，可惜没有工作。

"没事儿，工作还不是为了挣钱过日子？媳妇家里存款的利息都比上班的拿得多。"左老五满脸得意。

人家有资本，所以公然蔑视工作。其实真相就是如此，大部分人上班的本质也不过是为了起码的生存。

春风得意的人生，还有喜事。这不，婚后若干年也没生养的小两口，一下子得了一对双胞胎，还是俩男孩儿。所有人不论嘴上还是心里，估计都是同一句话：人家的命，真是好。

孩子的姥姥、姥爷自然开心无比。

有了孩子，不仅小两口的婚姻关系牢固了，岳父、岳母打心里也终于认可左老五是自家人了。当初结婚时，丈母娘是让左老五写了欠条的。说了，房子、车子、票子都是人家姑娘的，与他无关，他不过是陪着享受享受。

如今，多年的"沾福"熬成了爹，心情自不必多讲。这不，岳父的厂房和生意开始让他逐一了解。他自己也大胆地在人前流露出想辞去工作当老板的打算。

儿子顺利，爹也是志得意满。

"俺老五给的茅台，我喝不完。"有回，老左在饭局上侃侃而谈。做东的，是他三媳妇的姑父，一名正处级干部，德才兼备。

按传统，一个农民见了"官"本该局促小心。这老头，因为儿子的福气而畅所欲言，倒也可爱。反倒是老左的儿子和媳妇，难免觉得自己爹吹牛不挑个地方。

事实上，如果老左有文化，这六个儿子哪一个也超不过他。

咋说？

老头可会事儿。

比如有次过节，全家老小齐聚饭店，老左非让叫上村主任和支书。

"爹，自家人吃个饭热闹热闹多好，你喊这些人来，不仅耽误人家团聚，咱吃喝着也不自在。"

"你懂啥？去请。"老左眼一瞪，"老三是处级干部，有身份的人，他回来了，咱咋能不邀这里的头脸儿过来？"

结果，两位领导不仅抢着结了账，此后在街上见了老左，老远就开始打招呼。

瞅瞅，这就叫会。一般人，做不到。

只是，老左再精明，有时也难免面面俱到，特别是涉及家务事。

"你五弟两口子，过年时给了我两万块零花。"有次，老左当着老二媳妇和老三媳妇的面儿，说了这样一句话。

"爸，各家有各家的情况，钱少的没法跟钱多的比。"其中一个媳妇说。

"不管多少，都是对你老人家的一份儿孝心，难道这也能排出个次序？"另一个媳妇也没有沉默。

老二开着超市，小老板一个；老三是处长，有面子的。他们即使没老五钱多，可也都是人前站得住的人。您老说这话，啥意思？

再说了，他拿两万那是他该拿，因为他娶媳妇时您老人家明着就给了10万块的彩礼。其他几个娶媳妇，你为哪个出过恁多？妯娌几个没说老头偏心就够懂事了。

可是，饱汉永远不知饿汉饥。这不，每次家里有事，老五都积极拿钱表示心意。可让人无语的是，他总替三哥做主："咱俩每人出5000块。至于他们几家各拿3000就行了。"

老天爷，你难道不知道处长的收入其实也很有限？也是，如今财大气粗的老五，出手不是一般人能比的。其雄厚财力最有力的证明，是老五没有要左家的宅基地，而且，门面房也只拿了位置最不好的。

原来，精明的老左趁自己还没糊涂，给哥儿几个尽量平分了自家的房产。老谋深算的他说出分配方案后，除了老大家媳妇，人人都满意。

"傻得不透气！"有亲戚说，"你媳妇家再有，那总还是人家的。左家分家，该你的你为啥不要？谁还嫌钱烧手？"

"小乡村的房子，对大老板不算个啥。"

"还是太嫩。一竿子插不到头，谁能知道自己明天咋样？狡兔三窟，他舍了老屋，就欠考虑。"

…………

然而，大方如左老五，仔细起来，也是让人瞠目结舌。

有次，双胞胎儿子的保姆给孩子擦护肤霜，还没来得及给全部涂上，小淘气就笑着跑开了。怕浪费，保姆就将剩下的少许"高级护肤霜"顺势擦在了自己的脸上。结果，老五话说得很不好听。看在保姆费的分上，保姆忍了。

还有一回，四嫂带着孩子来玩儿，老五开车带大家去游乐园。快午饭时，他打电话安排保姆准备午饭。结果，开饭时，看着满桌的菜，他突然不太满意，说："肉菜咋恁多？这盘牛肉，根本不用做。"

说者无心，听者有意。

老五的媳妇马上打圆场："牛肉不算多做。吃不完，晚上接着吃。"

保姆一肚子委屈，心想：是你让准备的菜，又不是我自作主张。再说，家里来了客，多些肉菜，不也显得你热情？

外人都以为，老五家里应该是男人让着女人。明摆着，人家比你小四五岁，还比你有钱。可事实上，是老五媳妇总谦让着老五。大事小事他都做主不说，有了不如意，不让他叨叨，他还不乐意。

命好，没办法。

老左家的日子红红火火，可也有一件伤心事。

大学毕业、年纪轻轻就是高中校长的大左，刚过三十就得脑膜炎病故了，撇下俩儿子和一个年轻的媳妇。白发人送黑发人，老左既悲痛又担忧：孙子可咋办？儿媳妇会不会再嫁？

还好，媳妇想明白了：再嫁也难再嫁到这样的人家和这样好的男人了。何况，自己带着俩儿子，谁娶？如果把儿子们撇下，将来自己能过成啥样，真难说。不如守着孩子，慢慢过活。

寡妇熬儿，不容易。

老左家也没有亏待她，平时偷偷贴补的就不说了。她家里凡是有出钱的事儿，老头儿都号召儿子们分摊，从没让她作难。

可是，在分宅基地的事儿上，她恼了，对老头儿非常不满。因为她认为自己没工作没收入，关键是又没了男人，宅基地应该多给她才对。分家后，她忍着内心强烈的不满，抓紧张罗着盖新屋。

同时，老五也迎来了"亲情的考验"：老大媳妇让左老头出面向老五借十万块钱。"她盖房借钱，应该她给我打借条。让咱爸张口啥意思？回头，这钱我该找谁要去？"老五不傻，没借。

她更委屈，不仅觉得老头分配不公心里没有孙子，同时极度抱怨弟兄们刻薄无情欺负孤儿寡母。于是，分了家的那年春节，她篮子里装着鱼走亲戚，特意绕过公公家的大门口。

老左知道后，心里老不自在。

然而，这还不算完。老大媳妇的抱怨、对老五的不满、不感恩家人的德行，从她儿子的言行上可见一斑。有天，老大家已经上了大学的大孙子给老左打电话："爷，别说一间屋，就是两间，俺也能盖起来。"

"哟，真出息了。你几个叔都没敢有这口气，你能耐真大。"老左听了这话，有些淡淡的伤心。

有次老五请全家吃饭，特意让"大学生"点菜。且不说这是不是句客气话，就算是真的，你也必须推辞、谦让，因为有长辈在。结果，孩子毫不客气地接过菜单，而且点的都是贵的……

看来，不是一般的不懂事儿。

终于，对大媳妇和大孙子开始失望的老左，有回悄悄给三媳妇一万块钱，说："拿着吧，这是以前我收房租留下的，给孩子买衣服。"

老三家的嫁过来十来年了，头一回有机会接这样的红包，她甚至有些不好意思，说："爸，俺有钱，你留着用吧。"

"快拿着，从没给过你们啥，这是我的一点儿心意。"老左态度坚决。

私房钱有限，老三家的接到老左的关心，老大家的自然没了贴补。如此一来，大嫂子的一腔悲愤，如火山岩浆，蓄势待发。

老五家得了双胞胎，老左示意所有的媳妇都去送红包。老头是爱面子的人，妯娌们都到了，一来显得大家庭和和睦睦，二来也是他治家有方的最好证明。

由于家里空间有限，老五特意在宾馆开了房。老大家的表示愿意出去住。"三嫂，你脾气好，又会说话，你陪大嫂子吧。"老五说，"如果她一个人，难免冷清。人家毕竟是过来给我道喜的，咱要照顾周到。"

"中，放心。"善良、爽快的老三家的立刻答应。

结果，来到宾馆房间，门刚关上，老大家的一下扑在床上放声大哭，说："瞧不起人，话里有话刺我，啥意思？"

老三家的愣住了，说："嫂子，你这是咋了？我没听懂。"

"刚才吃饭时，满桌子人都夸老二家的孩子学习用功，拿了奖学金。这分明是在说我管教孩子不中，俺孩儿从没拿过啥奖。"

"嫂子你想多了。"

"我一点儿也没想多！一个寡妇养俩孩子，容易吗？"

"知道你难，所以家里有啥事儿从没人支使过你。"

"你们都有男人依靠，就我命苦！"

"大哥走得早，家里人都很难过。"

"人走茶凉！老大不在了，这哥儿几个跟我争宅子，没一个好东西。"

听到这话，老三家的心里不太舒服。开门走吧，是老五让自己过来陪嫂子的，扔她一个人在，万一有个啥，不好。

不走吧，她把恁多年家人的关照和退让不当回事儿，此时又当着面儿抱怨，真是讨人厌。

愣怔了一会儿，老三家的说："嫂子，咱是普通人家，比不起那有钱有势的，死了男人照样穿金戴银。可说实话，这些弟兄们和妯娌们也不赖，出钱出力，没人跟你计较过。"

…………

"以后，家里再有集体活动，我宁愿自己出钱另住，也坚决不和她一个屋。知道她不懂事儿，没想到恁不懂事儿。"老三家的向来宽宏大量，可第二天也向老五坚决表明了态度。

"中，你辛苦了三嫂。"老五笑着说，"这种人，以后少和她拉扯。她疏远咱，正好，省得再搭进去更多。"

熟人

某个夏日的深夜，正准备入睡的村民，被犀利的尖叫声吵醒了好梦。

立刻，大伙三五成群，纷纷集聚在一家人门口。有泼水救火的，有喊卫生员的，有抢救东西的，乱哄哄地忙成一团。

突然，有人喊了一嗓子："快来人！我的妈呀，这是啥？都烧成黑疙瘩！"

有胆子大的围了过去。立刻，卧室所在的地方挤满了好奇的人。

"大热天儿，顶多盖个薄单子啥的，这恁大一堆不该是被烧焦的厚被子。"

"床上也不会堆放啥笨重的东西，因为家里天天有人住，床天天睡。"

"难道……"

围着的人一下子散开了。

"叫警察！叫警察！有人烧死在这屋里了！"

…………

化验结果很快出来了，那一堆黑焦物，是这家的两口子。

"男的不抽烟，咋燃的火？"

"是不是啥东西搁久了，自燃？"

一时间，众说纷纭。

公安来了，挨家挨户寻访。

这些年，死者两口子在街上租房卖药品，生意不赖，赚了些钱。家里有两个孩子，都去县城上初中了，还没放暑假，所以逃过一劫。平时，夫妻感情不错，待人也算和气，没有仇家。

看来，一切正常。

然而，报告说，火灾燃点在卧室床的位置，烧得最厉害的地方也是卧室。而且，现场燃烧物中有汽油。

很快，有个不同寻常的情况引起了警察的注意：死者药店旁边的理发店在起火的第二天突然关了门，而且理发师也不见了踪影。

三天后，理发师在他一个亲戚家里被抓。

很快，他就招供了。那天，天刚擦黑，他入室翻找，想拿些现金。谁料，人家两口子提前回了。他当时又急又慌，迎面过去，拿出事先随身带的刀，砍死了先独自进入卧室的男主人。等了五六分钟后，躲在暗处的他又在院子里砍死了后进门的女主人。杀人后，为毁尸灭迹，他将汽油泼到被放置在床上的尸体上，点燃。然后，将院门从内锁好，跳墙而出。

"才二十出头，干点儿啥不好，难道不知道杀人要偿命！"

"他爹是民兵连连长，家里不该缺钱花。"

"进人家屋里偷东西时，他弟弟在大门外帮着望风。这下，哥俩都搭进去了。"

"小的刚十五，还好不够判刑的年龄。"

"也太狠毒了些。就算当时撞见了，你硬跑掉也中，上前认个错也行。咋能以为杀了人烧了就没事儿了，法盲。"

"还不是因为太年轻，想啥做啥都一根筋。"

法不容情，风华正茂的乡村理发师，被枪毙正法了。

这件事掀起的波动不小，几十年后，还有人讲起。

看来，钱多不如命长。要不是生意红火得让隔壁理发师起了歪心，哪儿能让自己的孩子一夜间就没了爹也没了娘。

再惊天动地的事儿，随着时间，也会慢慢平静。

只是，死者当时租赁的房子，好多年都没再租出去。虽然其间好不容易有个算命的住过一段时间。可惜，该付房租时，"大仙儿"却于头天夜里不辞而别了。

最后一课

上高中时，有篇课文是李健吾先生的《雨中登泰山》。

语文老师带着我们学习了一周，也没讲清楚到底咋登泰山，以及泰山都有哪些美景。我不敢谴责老师迷糊，回到家也没给父母说过，只盼着快些熬过去，进入下一课的学习。

有天中午吃饭时，妈突然说："下午的语文课，你一定要去。"

奇怪，无缘无故，我为啥缺课？

结果没想到，从来不午休的我，那天午饭后，竟然睡着了。好在醒得不算太晚。一路小跑着去学校，还是迟到了几分钟。

进班的瞬间，明显感觉气氛比往常严肃，同学们听讲的神情也有些不同。匆匆坐下，同桌小声告诉我："大领导们都来了，坐在最后一排。中间那个略微秃顶的，是校长。"

这回，老师终于换了课堂内容，可究竟讲的啥，我没一点儿印象了。只记得自己由于坐姿太规范而浑身酸疼。出乎意料的是，紧接着的下一节语文课，推门进来的，是位新老师。至于原来的语文老师的去向，我没有太上心。

答案，在高三秋末冬初的一个傍晚，不期而遇。

当时，班里的一个灯坏了，两个师傅扛着梯子来修。俩人分工，一个爬高，一个在下面递工具。无意瞥了一眼扶梯子的人，我瞬间愣住：曾经的语文老师，竟是今天的维修工！我的心脏怦怦直跳，抬头，迅速看了看四周的同学。还好，大家都在埋头写作业，没人察觉到这惊人的变故。

灯修好，师傅们走了。

对这个发现，我保持了沉默。

宣传别人的落魄，还是自己曾经的老师，可不是学生该做的。

中等个头，略瘦，面皮稍黄，小细眼儿，头发微微自来卷儿，一个腼腆的男人。泰山，让他失去了桃李满天下的可能。

后记

写作是一个愉悦的过程。

平时就爱随手记下日子中听到、见到的点滴和一些个人的小感悟，但像这样写出十几万字并反复修改，以至出版的经历，还是第一次。

感谢我生命中的贵人。

感谢生活中向我传达善意的每一个人。

感谢和我相当有缘的河南文艺出版社、郑州大学出版社。

书名中"胡桃夹"这几个字，灵感来自德国经典童话《胡桃夹子》中的那个咬核桃小先生。他用锋利的牙齿切开了世界上最硬的核桃，粉碎了施加在皮里帕特公主身上的魔法，自己却变成了丑八怪并被遗弃……可是，他依然坚守美好的品质，直到遇见了自己生命中最珍贵的礼物：玛丽。

成熟了的胡桃夹，再也不是当初那个懵懂、冒失的少年。经历时间和磨难，他看准了玛丽的品质。最终，满怀欢喜的胡桃夹，勇敢邀请美丽善良的姑娘到一个美丽的国度。从此，俩人一起过着平稳、幸福的生活。

其实，我们每个人又何尝不是"胡桃夹"？成长的过程中，无法避免地品尝到"生活中总会让人流下泪的那层洋葱"的味道……

区别在于，有些人从此紧紧封闭了自己；有些人走向真善美的对立且越陷越深；有些人则依然心怀明灯并勇敢地再次选择相信和付出……

作为万千"胡桃夹"中的一个，我能重回自己从小长大的地方并讲述心中的风景，写下这本书，实在幸福至极。

张　莉

2020 年 9 月 16 日